publication PN°1
Bibliothek der Provinz

Lotte Ingrisch Rindlberg *Geschichten*
Mit Bildern von Linde Waber
herausgegeben von Richard Pils

A-3970 WEITRA 02856/3794
ISBN 3-85252-346-X
printed in Austria by Plöchl A-4240 Freistadt
Titelbild: Linde Waber

Lotte Ingrisch

RINDLBERG

Geschichten

Erlkönig

Als ich noch ein Kind war, wollte ich Einsiedler werden. Ich träumte von einer Hütte im Wald, von Tieren und Engeln. Und von der Leiter der Erkenntnis, auf der man geradewegs in den Himmel steigt.

Träume sind Samen, die in der Wirklichkeit aufgehen. Allerdings muß man sie vorher begraben. Aus meinem Grab wuchs der Erlkönig. Sein Schweif ist der Nordwald, und Rindlberg ist seine Krone.

Ist er nicht König der Elben? Sie hörten nicht auf, zu sein, als sie unsichtbar für uns wurden. Heidnische Engel. Licht von einer Frequenz, die wir nicht mehr wahrnehmen, und noch nicht. Die Grenze seiner Erscheinungen zieht unser Herz. Wir können es jeder Erfahrung öffnen. Und wir können es jeder Erfahrung verschließen, wenn wir den Wundern Widerstand leisten und aufhören, Kinder zu sein.

Wir kennen den gewöhnlichen, und wir kennen den magischen Raum. In alten Kirchen und Kultstätten spürt man noch deutlich seine andere, mächtigere Energie. Eine Energie, die Menschen verändert und Ereignisse bewirkt. Tut sie es radikal, opfern wir, die das Geheimnis der Energiefelder und unsichtbaren Ströme lange vergessen haben, unseren Heiligen.

Mein Heiliger ist der Erlkönig, und ich wurde in sein Reich entrückt. Ein Vierteljahrhundert verführten seine Spiele mich in Mond, Nebel und Traum. Über eine Schwelle aus Zwielicht geriet ich nicht nur aus meiner bisherigen Welt, sondern aus mir selbst heraus, was von allen Abenteuern das unheimlichste ist. Und das einzige, das zu bestehen sich lohnt. Denn wir erkennen uns selbst erst, wenn wir nicht mehr wir selbst sind.

Wer den Wald liebt, steht dem Märchen, dem Jenseits, dem Totenreich näher als der gewohnten gewöhnlichen Welt. Und nirgendwo sonst ist er so schwarz. Mohn und Granit. Wackelsteine, Schalensteine, Opfersteine. Letzte Spur der Druiden. Wie leicht versinkt man im Moor, verirrt sich im Nebel, wird vom Schnee zugeweht.

Die mythische Geographie hat das Paradies immer wieder im Norden vermutet. Die weiße Finsternis der Waldviertler Winter mag ein Abglanz davon sein, und das grüne Licht der Sommer ist von seinen Geheimnissen durchwoben. Ein kleines altes Haus unter Erlen, Birken und Lärchen. Holunder und Heckenrosen. Kirschbäume, Kuckuck und Käuzchen. Die Rehe äsen vor der Tür.

Rindlberg war Gottfried von Einems und mein Paradies.

Der unendliche Garten

Die Erde ist ein Stern, der blüht. Das ist so schön, daß unser Herz es nicht faßt.

Es müßte sonst Tag und Nacht jubeln.

Ein geringes vom Herzjubel ging in die bunten Bauerngärten ein, die Jehova zu verfluchen vergaß. So essen wir dort in der Freude unseres Angesichts unser Gemüse, und die Erde, aus der wir sind und zu der wir wieder werden, leuchtet von Ringelblumen, duftet nach Minze und Thymian.

Bauerngärten sind die Schäferstunden der Frauen mit dem kleinen Gott Pan. Der große läßt sich ja nicht einzäunen, und statt Rüben und Petersilie segnet er mit seiner Flöte schon eher Tollkirsche und Fliegenpilz. Aber der kleine Gott Pan ist gefällig und so zahm, daß er niemanden erschreckt.

Dabei sind sie, der große und der kleine Pan, in Wirklichkeit nur ein einziger Gott, und die Grenzen seiner Erscheinung zieht, wie alle Grenzen, unser eigenes Herz. Dieses Herz ist von der Wirklichkeit noch so weit entfernt wie unser Garten vom Paradies. Wie weit oder wie nahe das ist, läßt sich nicht sagen, da die Entfernung in jedem Augenblick eine andere ist. Die Natur dieses Herzens ist aber der Wahnsinn. Wie wäre es sonst möglich, das wir in der Wildnis vom Garten träumen, während uns im Garten die Sehnsucht nach der Wildnis verzehrt?

Mein Bauerngarten ist beides, zahm und wild, Zaun und Zaunlosigkeit. Die Heilkräuter, die Würzkräuter, Erdbeeren, Rhabarber und Gemüse wachsen, von einem

Holzzaun beschützt, direkt vor der Küche. Aber die Himbeeren, die Brombeeren, die Stachelbeeren gleich hinter den Erbsen sind frei. Und gefährdet. Denn sie schmecken dem Rehbock so gut wie uns selbst, die wenigstens die Blätter am Strauch lassen. Aber zu einem Garten, der sich mit der Wildnis vermählt, gehören auch Hirsch und Reh, gehören Wühlmäuse, Schlangen und überhaupt jegliches Getier.

Busch und Baum, Unkraut und Kraut, Fisch, Vogel, Wurm und die anderen Tiere – sie gehören zu uns, wie wir zu ihnen gehören, und gemeinsam sind wir der Garten. Viel schöner, als einen Garten zu haben, ist es nämlich, ein Garten zu sein. Oder vielmehr zu werden, denn das ist ein langer Weg. Wer ihn geht, muß sein Herz – und auch sonst beinahe alles – auf den Kopf stellen.

Die Welt ist wirklich nicht, wie wir immer glaubten, für den Menschen gemacht. Er ist einfach ein Teil von ihr, und gewiß nicht der beste. Daß er sich allen Ernstes für die Krone der Schöpfung hält, wirft nicht nur ein sonderbares Licht auf seinen Verstand. Es beweist auch, daß er von dieser Schöpfung nicht allzuviel hält. So ist es kein Wunder, daß er ihr überall mit der gröbsten Mißachtung begegnet.

Der erste Schritt auf dem Weg zum Garten ist das Verlernen der Herrschaft. Wir haben uns die Erde so lange untertan gemacht, bis sie ein kranker Stern wurde, und wir ihre Krankheit. Darauf waren wir dann sehr stolz. Aber vielleicht betrachtet jede Krankheit die Zerstörung des Körpers, den sie befällt, als persönlichen Sieg. Das ist durchaus logisch. Nur, ich möchte keine Krankheit mehr sein, und ich glaube, daß es heute schon vielen wie mir ergeht.

Und mit welchem Recht herrschen wir über die Tiere? Wir haben allen Grund, ihnen, wie auch den Pflanzen, zu dienen. Verdanken wir ihnen nicht unser Leben? Sie aber verdanken uns nichts außer einem qualvollen Tod. Denn über jede Notwendigkeit hinaus verstümmeln wir sie, vergiften wir sie, rotten wir sie aus. Das nennen wir Forschung, das nennen wir Wissenschaft, das nennen wir Fortschritt, und darauf sind wir sehr stolz. Nur, ich bin nicht stolz darauf, ein Mensch zu sein. Ich schäme mich dafür, und ich glaube, daß es heute schon vielen wie mir ergeht.

Der zweite Schritt auf dem Weg zum Garten ist das Ablegen der Maßlosigkeit. Wir brauchen so wenig, und wir verlangen so viel. Was rechtfertigt unseren Anspruch auf den alltäglichen Überfluß? Einen Überfluß, der uns weder gescheiter noch glücklicher macht, sondern bloß, wie alles Überflüssige, unser Leben verstopft, unseren Raum, unsere Zeit. Ein Bauerngarten genügt für die Nahrung des Leibes, und wer ihn mit Liebe bestellt, dem nährt er auch Seele und Geist.

Denn auf dem Weg zum Garten ist Liebe der dritte Schritt. Sie allein bedeutet Selbstverwirklichung, Ausweitung des Bewußtseins, Transzendenz. Wer einen Garten hat und auf dem Weg ist, selbst einer zu werden, braucht keinen Guru, keinen anderen Lehrmeister mehr.

Der Garten lehrt uns die Jahreszeiten und auch, daß ihr Rhythmus in allen Gewächsen ein anderer ist. Vom Schnittlauch läßt sich nicht auf die Buschbohnen schliessen, und von der Buschbohne nicht auf den Kohl. Zeit scheint also nicht allgemein, sondern etwas ganz Persönliches, ja geradezu Intimes zu sein. Und so wenig homogen wie der Raum. Warum sonst gedeihen Kirschbäume nicht, wo Wasseradern sich kreuzen, meidet der Flieder den Ort, der dem Holunder gefällt? Und erst die Ameisen! Jeder vernünftige Mensch siedelt, in Erwartung eines rheumatischen Alters, beim Bauerngarten einen Ameisenhaufen an. Aber wie so ein Haufen sich anstellt! In einem fort zieht er um wie ein griesgrämiger Untermieter, dem es keine Wirtin recht machen kann. Man kommt aus dem Suchen nicht mehr heraus und wird ganz nervös, bis er endlich doch ein Plätzchen gefunden hat, das ihm zusagt. Dann hält man jeden Morgen vor Sonnenaufgang die nackten Arme hinein und wartet, bis es kribbelt.

Was lehrt der Garten uns noch? Zum Beispiel, daß auch das Gemüse – und darin liegt ein gewisser Trost – nicht sehr viel vollkommener ist als der Mensch. »Liebe deinen Nächsten wie dich selbst«, das ist bei Kraut und Rüben, ganz wie bei uns, kaum mehr als ein frommer Spruch. Natürlich gibt es Nächste, die einem auf der Stelle sympathisch sind wie der Lauch den Karotten und Zwiebeln. Auch schwärmen die Gurken für Bohnen, und Erdbeere und Knoblauch vernarren sich geradezu ineinander und gehen lauter glückliche, wenngleich bisher kinderlose Ehen ein.

Aber der Knollenfenchel! Ein eigenbrötlerischer Querkopf, der überhaupt niemanden leiden kann. Am besten, man macht einen großen Bogen um ihn. Das tun auch die Herren und Damen Gemüse, obwohl manche von ihnen – wie Paprika und Paradeiser – sich selbst in ihren Beeten aufführen wie die Axt im Wald. Heimlich unter der Erde, damit keiner es sieht, scheiden sie besonders widerwärtige Substanzen aus. Nur, um ihre Nachbarn zu ärgern, was ihnen ohne Zweifel gelingt. Die

Erdäpfel streiten sich mit dem Dill, die Zwiebeln mit den Erbsen – kurzum, es geht zu, wie bei uns daheim. Und das ist, obwohl traurig, eine Beruhigung. Wir sind eben alle noch auf dem Weg, ein Garten zu werden, auch wenn wir schon einer sind.

Trotzdem ist alles Wurzelwerk uns überlegen. Denn es nährt sich, statt von Gulasch, hauptsächlich von Wasser und Licht. Wir aber fressen Leichen wie der Geier und der Schakal, die sich wenigstens mit dem, was ohnedies schon tot ist, begnügen. Hingegen ermorden wir frisch, was uns schmeckt, bereiten es kunstvoll zu und machen, während wir es verzehren, am liebsten schöngeistige Konversation. Und die Lehre des Gartens zu diesem traurigen Thema? Bescheidenheit, würde ich sagen. Wir haben überhaupt keinen Grund, hochmütig gegenüber Brennesseln zu sein.

Da sind wir schon bei der Lehre von Unkraut und Kraut, vielmehr bei der Irrlehre und ihrer Überwindung. Uns als Maß aller Dinge wähnend, haben wir diese törichte Einteilung gemacht und halten aus mangelndem Schamgefühl daran fest. Wenn die Mäuse, die Lämmer, die Blumen uns in Menschen und Unmenschen einteilen wollten, was käme dabei wohl heraus? Und wir haben, weiß Gott, keinen Grund, Kräutern ihr Krautsein abzusprechen, bloß, weil sie uns nicht schmecken oder unseren Bäuchen nicht zuträglich sind. Die ganze Welt, ich erwähnte es schon, ist nicht da, damit wir sie essen!

Dabei schmecken Brennesseln, Sauerampfer und Löwenzahn einfach köstlich! Auch verbessern sie den Boden, schützen ihn vor Abschwemmungen und pumpen versickernde Nährstoffe hoch. Ohne Unkraut kein Kraut!

Natürlich muß man ein bißchen jäten, obwohl es auch da schon geteilte Meinungen gibt. Aber nicht so verbissen, nicht so radikal und nur dort, wo die kleinen Setzlinge und Sämlinge sonst nicht gedeihen. Die meisten Leute werden schon beim bloßen Anblick der sogenannten Unkräuter rabiat. Wütend stürzen sie sich auf sie wie auf leibhaftige Feinde. Wie menschlich!

Wie unverschämt menschlich, etwas nur darum auszumerzen, weil man persönlich es für unnütz hält. Sind wir Herr über Leben und Tod? Wir sind es nicht, sind alle Gäste der Erde. Nur Gäste! Und wäre ich die Erde, ich würde uns nie wieder einladen. Von jeder anderen Party hätte man die menschliche Rasse – so, wie die sich benimmt – schon längst in Handschellen abgeführt. Wir müssen lernen, anders zu denken. Lernen, anders zu fühlen. Wer die Welt immer noch in Kraut und Unkraut einteilt, hat sie schlicht nicht verstanden!

Hat nicht verstanden, daß die Vielfalt der Erscheinungen einem einzigen und unteilbaren Sein entspringt. Denn das ist die nächste Lehre des Gartens, daß alles mit jedem zusammenhängt, und daß nichts allein existiert, weder über noch unter der Erde. Sonne und Mond, Wolken, Wasser und Wind vermählen sich in unserem Garten, ja der ganze Himmel ist in ihm enthalten! Praktisch essen wir die Sterne mit dem Salat, wenn auch zum Glück nicht die ganzen.

Mir ist es jedes Mal peinlich. Immerhin, der Spinat ißt nicht mich. Ich esse ihn.

Das ist einseitig und ungerecht. Also entschuldige ich mich, wenn ich ihn oder seine delikate Verwandtschaft pflücke. »Tut mir leid, daß ich so hungrig bin«, sage ich. »Und du schmeckst unwiderstehlich. Aber sei nicht traurig, liebe Karotte oder was immer. Es gibt sowieso keinen Tod, es gibt nur die Verwandlung. Und du verwandelst dich jetzt in eine österreichische Heimatdichterin. Gewiß, Shakespeare wäre interessanter. Auch Einstein. Aber glaub mir, es gibt noch viel Schlimmeres, als die Lotte Ingrisch zu sein. Denn ich bin fast immer fröhlich. Außerdem ist es für eine Brennnessel oder ein Radieschen vielleicht sogar eine gewisse Karriere? Nun ja, nicht wirklich. Meine Geschäfte gehen schlecht. Aber eine Abwechslung, möglicherweise eine angenehme, ist es bestimmt! Oder hättest du als Dillkraut Giordano Bruno gelesen? Und Agatha Christie als Zwiebel? Im übrigen habe ich die Welt nicht gemacht.«

Aber da bin ich nicht sicher. Denn während ich die hübschen Pflänzchen, die eben noch so lebendig waren, ins kochende Wasser werfe, beschleicht mich der Verdacht, daß ich sie am Ende doch gemacht habe, die Welt. Meine. Denn natürlich gibt es unendlich viele. Aber für diese Welt, in der eins das andere frißt, bin ich verantwortlich. »Was heißt frißt?«, frage ich, statt der Fisolen, mich selbst. »Was wir für Schnittlauch oder die Ingrisch halten, sind Energiefelder. Wenn eins ins andere übergeht, na und? Mahlzeit!« Trotzdem wäre ich viel lieber ein Baum, langsam wachsend, während das Licht in mir kreist. Was ist dagegen ein Mensch? Betriebsam, gefräßig, und kein Vogel baut auf mir sein Nest. Wir sind nicht von Blüten erfüllt und von Gesang, und unsere Früchte, wenn wir überhaupt welche tragen, verkaufen wir um teures Geld. Es heißt, daß man Bäume um ein Geschenk ihrer Kraft bitten darf. Das habe ich einmal getan.

Der alte Kirschbaum vor meinem Fenster gehört zum Bauerngarten, auch wenn er jenseits des Zaunes steht. Aber ich glaube sowieso nicht an Zäune. Im Laufe der Jahre entwickelte sich so etwas wie eine Freundschaft zwischen uns. Ich begann, mit ihm zu reden. Besonders nachts, wenn die Sterne des Nordhimmels in seinen Zweigen hängen. Einmal, als gerade die Sonne aufging, weckte mich eine Nachbarin. Mea-Mea, unser blauäugiger Khmerkater, lag sterbend am Straßenrand. Es gibt Autofahrer, die wegen jedes Schmetterlings bremsen. Ich liebe sie. Aber die anderen, die Mörder, sind in der Überzahl. Der Tierarzt machte mir wenig Hoffnung

Als es so weit war, lag ich neben Mea-Mea auf dem Fußboden meines Zimmers. Er schien noch einmal aufzuwachen und mir viele Dinge, und lauter liebe, zu sagen. Seine Stimme war hell wie ein Glöckchen. Dann wurde er auf seiner kleinen Decke kalt und steif. Da bin ich zum Kirschbaum gelaufen, hab ihn umarmt und um ein Geschenk seiner Kraft gebeten. In meinen Händen brachte ich sie dem Kater, berührte die Luft über seinem Körper und dann, ganz zart, sein Fell. Das Wunder geschah, und es geschah plötzlich.

Was wissen wir schon von Bäumen, was wissen wir überhaupt? Ich lächle nicht über unsere Vorfahren, die Bäume für heilig hielten. Eher schon weine ich über uns und unsere Industriewälder, den Massenmord des Kahlschlags, der chemischen Vergiftung. Die unheilige menschliche Geldgier.

Ein anderer hoher Herr im Bauerngarten, ein Zauberer, ist der Holunder. Alte Leute ziehen noch immer vor ihm den Hut. Ich selbst unterlasse es nur, weil ich keinen besitze. Der Holunder ist eine Pforte in die an-

dere Wirklichkeit. Der Schlüssel allerdings, der sie öffnet, wächst in unserem eigenen Herzen und heißt Phantasie. Phantasie ist unser zweites Augenpaar, Phantasie ist der Regenbogen zwischen den Welten, Phantasie ist die Droge der Drogen. Ohne Gewalt öffnet sie unser Bewußtsein wie das Licht die Knospe der Rose. Wenn bei Vollmond der Holunder mit seinen Zweigen an mein Fenster klopft, stehe ich auf und gehe, wohin er mich führt.

Manche Gärtner und Gärtnerinnen haben Feen in ihrem Garten entdeckt, und das ist keineswegs überraschend. Überraschend ist vielmehr, daß wir uns daran gewöhnt haben, sie nicht mehr zu sehen. Eine schlechte und überaus langweilige Angewohnheit, die wir schleunigst ablegen sollten. Denen, die da behaupten, es gäbe keine Feen, sage ich: es gibt überhaupt nichts!

Nur den ganz leeren Raum, und in diesem leeren Raum lauter oszillierende Felder. Sogar die bleiben nicht, wo sie sind, sondern breiten sich immer weiter überall aus. Im Kosmos eben, wohin offenbar alles gehört. Auch wir, der stolze homo sapiens, sind eigentlich nichts. Und dieses Nichts schwingt! Wer wundert sich darüber Feen?

Es ist nämlich so, daß wir uns Bilder vom Nichts machen. Die schwingenden Felder übersetzen sich gegenseitig in Träume, die sie Wahrnehmung nennen. Je hübscher wir schwingen, umso hübscher werden unsere Wahrnehmungen sein. Es ist also eine ziemliche Schande, keine Feen zu sehen. Denn sie sind die Seelen der Gärten.

Natürlich sehen sie in der Wirklichkeit, die es nicht gibt, kaum so wie im Märchenbuch aus. Obwohl, warum eigentlich nicht? Übersetzen ist, wir wissen es bereits, eine Frage des Vokabulars. Je reicher und amüsanter das Vokabular, umso bunter die Übersetzung. Und so liegt es an uns, die kleinen und großen pulsierenden Feenfelder in unserem Garten entweder überhaupt nicht oder als geflügelte Mädchen, Silberwolken, Energieschleier und so fort, zu bemerken. Da wir keinen absoluten Maßstab haben, um Feen, Gartenwerkzeuge, Birnbäume und die eigenen Augen an ihm zu messen, stimmt ohnedies alles und nichts. Das mag irritierend sein, beschert uns aber eine unerschöpfliche Fülle von Möglichkeiten.

Die schönste davon ist zweifellos, in unserem nützlichen Bauerngarten das Paradies aufblitzen zu sehen, und sei es auch nur einen Amselschlag lang. Denn gleich darauf vertreibt uns das Problem der Wühlmäuse und Schnecken. Ein guter Pflanzenhirte zu sein, ein liebreicher Gärtner, ohne zu töten, ist verflixt schwer. Ich persönlich habe, je älter ich werde, immer mehr gegen Mord. Also warum, frage ich, sollen die Schnecken nicht auch Salat essen? Er ist gut und gesund. Und Wühlmäusen macht man sich unsympathisch mit leeren Weinflaschen. Es genügt, sie hälslings in die gefährdeten Beete zu stecken und schon verläßt der Scherer beleidigt den Garten.

Es gibt noch einen Mord, einen langsamen. Aber nur wenige werden ihn so bezeichnen. Ich spreche vom Pflücken der Blumen und weiß, daß die meisten Leser sich jetzt so verärgert von mir abwenden werden wie die Wühlmaus von der Flasche. Denn Blumen sind dazu da, sterbend unsere Zimmer zu schmücken

Nein, sind sie nicht! Ihre Wurzeln gehören unter die Erde, ihre Köpfchen zur Sonne und ihr Duft in den

Wind. Vielleicht gehört ihre Schönheit wirklich in unsere Augen, obwohl das eine sehr egozentrische Vorstellung ist. Denn sicher haben Wolke und Tau auch ihre Freude an ihnen, von den Hummeln, den Bienen, den Käfern zu schweigen. Und keines von ihnen schneidet sie ab und trägt sie als Beute davon.

Manchmal stelle ich mir vor, daß Tulpen und Lilien sich gegenseitig zum Essen einladen. Sie suchen sich ein paar nette Menschen aus, die einigermaßen gut riechen, brechen sie an der Hüfte ab, wickeln sie in Seidenpapier und bringen sie den jeweiligen Gastgebern aus Höflichkeit mit. Absurd? Nicht absurder als unsere Blumensträuße im gläsernen Wassergrab.

Einen besonders wichtigen Gartenherrn, obwohl er eigentlich etwas außerhalb wohnt, habe ich noch nicht erwähnt. Den Kompost, und meiner heißt August. Der Kompost muß einen Namen haben, denn er ist eine Person. Als solche darf man ihn auch nicht unwürdig behandeln. Ich kenne zwar Leute, die füttern den ihren mit gebrauchten Papiertaschentüchern und Zeitungen, die er sicher nicht liest. So etwas würde ich niemals tun. Obwohl ich, das gebe ich gern zu, im ersten Jahr etwas übertrieb.

Es war mein Honigmond mit August, und ich war, was Komposthaufen betrifft, völlig jungfräulich. Er bekam nur das Beste vom Besten, lauter Leckerbissen, und manchmal einen Schluck Wein. Auch Tee trank er gern, und natürlich bemühte ich mich um eine offene, herzliche Konversation. In meinem Eifer machte ich ihn auf allen Gesellschaften, die ich besuchte, zum Gesprächsthema Nummer eins. Viele Menschen begannen, mich zu meiden. Was tat es? Ich hatte ja August, und er war immer für mich da.

Bis der Schnee fiel und wieder schmolz. »Wach auf«, sagte ich zum Garten. »Jetzt kommt August! Mit ihm wirst du bestimmt glücklicher als mit den alten Kuhfladen sein.« Doch August kam nicht. Auch unter den Menschen gibt es Spätentwickler. Trotzdem fühlte ich den Schmerz der Enttäuschung, als ich mit dem Schubkarren vor ihm stand. August, mein August, war nicht reif geworden. Dabei hatte ich ihn so gut behandelt...

Gut, aber falsch behandelte ich auch die grünen Raupen, die im Herbst scharenweise in die Stube kamen. »Ihr Armen«, sagte ich, »habt euch sicher verirrt. Wartet, ich werde euch helfen.« Tagelang klaubte ich sie mühsam vom Plafond und den Wänden. Setzte sie behutsam auf die letzten Salatblätter im Garten. »Bist du verrückt?«, fragte ein Gast. »Sie werden alle erfrieren.« So war es. Seither weiß ich, daß Schmetterlinge, auch wenn sie noch keine sind, im Winter in die Stube gehören.

Und im Sommer auf eine Wiese voller Blumen und Disteln! Wie schrecklich, all diese Pracht zu scheren wie den Lockenkopf einer schönen Frau. In der Natur nennt man solche Glatzköpfe dann Englischer Rasen und jammert, was für Arbeit man mit ihm hat. Einmal im Jahr, höchstens zweimal. Außer, man ist eine Ziege oder ein Schaf, dann ist alles erlaubt. Allerdings schmecken denen auch Rosen, und überhaupt haben sie vor Gartenzäunen wenig Respekt. Aber man muß eben zulassen, wie eins sich ins andre verwandelt. Nur als der Flieder sich in Bocki Meckertier, einen reizenden kleinen Ziegenbock, verwandelte, hat mein Mann ganz unphilosophisch getobt.

Trotzdem, auch dies ist eine Lehre des Gartens. Die Rehe kommen, knabbern die Rinden der Bäume ab, und der Bock schabt an ihnen sein Geweih. Dann komme ich mit Baumwachs und Baumteer und bestreiche die Wunden. Dann kommen wieder die Rehe, und dann wieder ich. Das ist ein natürlicher Kreislauf. Dennoch ist unser Garten nicht Eden, trennen wir Baum und Tier, Lust und Schmerz, Leben und Tod.

Dabei kommen beide einander im Garten so nahe! Wer ihn offenen Geistes bestellt, verfällt nicht länger den beiden Irrlehren des Abendlands: Fortschritt und lineare Zeit. Nichts schreitet ja fort und geradeaus. Alles dreht sich in Kreisen, von denen keiner ganz dem anderen gleicht. Denn Zeit ist, am sichtbarsten vielleicht im Garten, ein Tanz.

Der Himmel dreht sich, es drehen sich die Jahreszeiten, Blühen und Verwesen, Samen und Frucht. Unvergänglich ist die Vergänglichkeit, und Leben und Tod entsteigen einander wie Vögel ihren Schalen. Wie der Mensch, ist der Garten tot und lebendig zugleich.

Gibt es etwas Schöneres, als in einem Garten begraben zu sein? Ist doch eins ein Gleichnis des andern, der Garten ein Grab und das Grab ein Garten. In beiden feiert das Leben seine Auferstehung aus dem Tod. Dasselbe Leben? Wir fragen es, solange wir noch nicht wissen, daß es nur ein einziges Leben gibt, von dem wir ein Teil sind und das Ganze zugleich.

Wer es erfährt, zieht keinen Zaun mehr um seinen Garten, und keinen Zaun mehr um seine Person. Er betrachtet das Entstehen und Vergehen der Formen, das wir Zeit nennen. Und während er die Zeit betrachtet, hört die Zeit auf zu sein.

Mein Grab hat keinen Zaun. Zwei Birken behüten es, eine Heckenrose und eine Weide. Anstelle eines Kreuzes steht ein kleiner alter Kinderschlitten darauf, mit den Kufen nach Osten. Denn obgleich alle Reisen inwendig sind, verlangt unser Herz noch nach Bildern.

Dieses Grab trägt keinen Namen, denn auch Namen sind Zäune. Doch ist es nicht leer. Wenn ich einziehe, habe ich schon Gesellschaft. Drei Kater! Wui-Wui, goldäugig und schwarz. Gemeinsam verteidigten wir das Revier, trösteten einander, und im Zustand jenseits aller Zustände verstand ich seine Sprache, war er mein Prinz. Pelzchen, zärtlicher Tiger mit schwarzen Strümpfen, und er putzte mich jeden Tag. Mümmy, auch Mumbudukubumbuwu, der wie ein Stubenmädel aussah, schwarz-weiß, und mir immer entgegenkam. Bei Regen, bei Eis und im hohen Schnee. Ihn kratzte ich mit der Spachtel von der Straße, die alle geholt hat. Auch das schöne, schüchterne, leidenschaftliche Sabinettchen, eine grünäugige Katze, deren Leib ich nicht mehr fand. Doch ihr Geist kehrte gewiß heim. Zuletzt begrub ich ein rotes Eichhörnchen dort, das ich nicht mehr retten konnte, so sehr ich es auch versuchte. Es schrie, obwohl es ein schon älterer Herr war, wie ein Kind, und starb zuletzt friedlich in meinem Apfelkorb.

Wir werden alle auf dem kleinen Kinderschlitten Platz haben. Gott Pan bläst die Flöte, wenn wir zum letzten Mal durch den Bauerngarten fahren, über Blumen und Schnee. Denn die Jahreszeiten sind dann, wie das übrige, wohl nicht mehr voneinander getrennt.

Schneeflöckchen, Mea-Mea und die dreifarbige Glückskatze Midudu schauen uns nach, denn Katzen sehen Gespenster. Mein Mann auch, wenn er noch da ist. Aber sind wir nicht immer zugleich da und dort? Wir winken einander zu, so, als nähmen wir Abschied. Das ist natürlich nur ein Spiel, das wir spielen. Das Spiel von Blumen und Schnee.

Ob wir aber an ein Ende des Gartens kommen, weiß ich nicht. Die Enden sind allein unserem Kopf, und vielleicht finden wir eine passende Gelegenheit, ihn zu verlieren. Dann namlich ist der Garten, wie wir selbst auch, unendlich.

Mein liebes Haus

Mein Haus steht unter Birken,
Der Kupfermond schläft auf dem Dach.
Von Stund zu Stunde leiser rauscht der Bach.
Grasmücken flöten die Sonne wach,
Den Tag mit Gold zu durchwirken.

Zwölf kleine Katzen gingen
Im Waldwiesenhaus aus und ein.
Ich trank mit Freunden unterm Kirschbaum Wein,
Lachte und küßte im Sternenschein
Und brachte Rosen zum Klingen.

Mein Haus steht auf der Wiese,
Auf die ich mein Herz hab gesät.
Die Blumen sind verblüht, es ist schon spät.
Weint nicht um mich, wenn der Schnitter mäht
Mein Herz im Paradiese.

Bärenfräulein

Wie Gottfried von Einem schon immer sagte, war er kein Mensch. Sondern ein Bär, und das ist er geblieben. So ist es kein Wunder, daß unser Rindlberger Häuschen, das ich nach langem und aufgeregtem Suchen erwarb, in der Bärenlucke steht. Das wußte ich damals noch nicht. Erst viele Jahre später fand ich den Namen auf einer alten Landkarte und war entzückt. Der Bär war in seine Höhle zurückgekehrt.

Dabei hat er sich zuerst mit allen vier Tatzen dagegen gewehrt! Aber das soll er selbst erzählen, denn er ist ein Wunderbär, der außer Brummen auch noch sprechen und sogar componieren kann. Und so zitiere ich aus seiner Autobiographie »Ich hab unendlich viel erlebt*«:

»Nur wenn ich schreibe, bin ich gern allein; sonst bin ich gerne mit der Ratte zusammen, am Kamin. In Rindlberg gibt es ja diesen Kamin, da setzen wir uns hin, trinken einen guten Wein und haben Gespräche, und mit der Ratte kann man sprechen, wenn auch manchmal etwas abstrus.

Ratte ist übrigens mein Kosewort für Lotte, oft nenne ich sie auch Zottel oder Rattilie. Rindlberg ist unser Wohnsitz im niederösterreichischen Waldviertel, wo viele meiner Werke entstanden sind.

Seit den Siebzigerjahren ist das Waldviertel immer wichtiger geworden, was nicht zuletzt Lotte zu verdanken ist. Die Heimat ihrer Ahnen ist das nördliche Grenzland Österreichs, die an den Böhmerwald angrenzende keltische Region. Ich kannte diese Gegend früher nicht. Heute bin ich ein Niederösterreicher. Die Ratte

* Ibera Verlag

nahm mich, wie die Igelmutter den kleinen Igel, ins Maul und schleppte mich dahin, nach Rindlberg. Zunächst hatte es mir äußerst mißfallen. Der erste Eindruck war niederschmetternd. Ich sagte zu ihr, sie solle ihr Haus kaufen, wenn sie Lust hätte, ich würde hier höchstens zwei Tage im Jahr bleiben. Tatsächlich war ich dann über fünfundzwanzig Jahre lang dort. Heute weiß ich, warum das so wichtig war.

Ich hätte die Opern und die anderen Werke, die ich dort machte, ohne diese Stille nicht geschrieben. Die Nächte waren unglaublich. Rindlberg haben wir dann zusammen aufgebaut. Dazu gehörten auch paradiesische 16.000 Quadratmeter Grund. Das Gefühl der Langeweile kenne ich nicht, auch nicht in tiefsten Einsamkeiten. Nur in den Städten.

Ich schrieb viele Stücke im Waldviertel, die »Waldviertler Lieder« waren ein Auftrag vom Alt-Landeshauptmann Siegfried Ludwig. Wir waren mit ihm einen Abend zusammen und ich sprach darüber, wie gerne ich Niederösterreich hätte. Er meinte, ob ich dem nicht einen tätigen Ausdruck geben wollte. So entstand dieser Liederzyklus, die Uraufführung sang Marjana Lipovsek. Davon gibt es eine Platte. Ich componierte ja auch noch den »Rindlberger Marsch« für Blechbläser mit direktem Bezug auf diesen Platz. Meine Beziehung zum Waldviertel ist natürlich allmählich eine sehr enge geworden. Ich habe es gerne.

Ursprünglich hatte Lotte das Anwesen in Rindlberg gekauft. Am Tag meines Geburtstages vor mehr als zwanzig Jahren wurde ich von Lotte mit einem besonderen Präsent bedacht, das mir von unserem Rechtsanwalt Dr. Leutgeb mit folgendem Schreiben übermittelt wurde:

24. 1. 1973

Sehr geehrter Herr Gottfried v. Einem!

Ich bestätige hiemit, daß Ihre geschätzte Gattin, Frau Lotte Ingrisch, heute in meiner Kanzlei erschienen ist und nach entsprechender Rechtsbelehrung frei von Irrtum und Zwang vollkommen freiwillig, jedoch unter Bezugnahme auf Ihren Geburtstag folgende Erklärung, die sie mir persönlich unterschrieben hat, abgab:

»Herrn Gottfried von Einem, aprikosenfarben, von Beruf feuerspeiender Hermelinbär und Componist, Samstag ein Brummfräulein, Sonntag ein Bärenpüppchen, wird hiermit von seiner Rattengemahlin Lotte Ingrisch die größere und schönere Hälfte ihres Privatschlößchens in Rindlberg 98, Post Groß Pertholz, samt Grund, Bäumen, Blumen, Quellen, Gemüsen und Inventar zum lebenslänglichen unentgeltlichen Fruchtgenuß überlassen. Dieses Geburtstagsgeschenk bleibt auch im Fall einer Scheidung sowie sämtlicher anderer Sündenfälle aufrecht.«

Die Verbindlichkeit dieser Erklärung wird dadurch unterstrichen, daß auch der Schlüssel zur Liegenschaft und zu den Räumlichkeiten Ihnen »unter einem« übergeben werden und Sie im Rahmen Ihrer durchschlagskräftigen Art sowieso bereits von der Liegenschaft Besitz ergriffen haben. Indem auch ich mir erlaube, Ihnen zu Ihrem Geburtstag Glück, Gesundheit und viel Erfolg wünschen zu dürfen, bestätige ich hiemit die Echtheit und Richtigkeit der von Ihrer Gattin abgegebenen Erklärung.

Über die künstlerische Zusammenarbeit mit Lotte komme ich bei den jeweiligen Musikstücken zu sprechen, die wir gemeinsam verfaßt haben, Lieder und Opern. Eine wesentliche Kommunikation mit ihr findet in Papierform statt. Da ich gewöhnlich spätnachts componiere, meist ab 1 Uhr früh – berichte ich mit Vorliebe auf sogenannten »Componierzettelchen« von meinen Fortschritten der vergangenen Nacht. Frühmorgens, wenn ich mich zur Ruhe begebe, lege ich diese Mitteilungen vor ihre Türe. Wenn Lotte dann aufwacht, findet sie die Nachricht, während ich meist gerade im tiefsten Schlaf liege. Manche dieser Zettelchen sind auch mit Zeichnungen versehen. Außerdem sind die Anreden voll von Koseworten, und viele Worte gleichen einer Geheimsprache. Doch Lotte versteht's!*

An den Schluß dieses glücklicherweise noch nicht abgeschlossene Lebenskapitels mit Lotte Ingrisch möchte ich einen Text stellen, den sie zu meinem 75.Geburtstag verfaßt hat und in dem sie ihren »feuerspeienden Hermelinbär« etwas genauer beschreibt:

»Er heißt Gottfried von Einem, ist Componist und mein Mann. In der Hofburg, und im Waldviertel auch.

Einerseits.

Andererseits steht er in Sizilien und speit Feuer. Dort nennt er sich Ätna. Doch trägt er, hier wie dort, mit Vorliebe Häubchen. Die er hier trägt, sind von liebenden Damenhänden (nicht meinen!) aus bunter Wolle gestrickt. Die sizilianischen Häubcchen sind nicht gestrickt, sondern gefallen. Ein Hermelinpelz aus Schnee.

Darunter aber ist es ein- und derselbe Bär: ein Vulkan! Und auch mit fünfundsiebzig noch längst nicht erloschen.

Ich nenne ihn Bärenfräulein, weil er eines ist. Falls dies schwer zu verstehen sein sollte – auch Martin Luthers Frau nannte ihren Mann Fräulein, obwohl er ein veritables Mannsbild war, ganz gewiß. Doch das Kuriose und Bezaubernde sind gerade die weiblichen Tüpferln auf der männlichen Seele, und umgekehrt ist es genauso. Gibt es etwas Unvollkommeneres als einen vollkommenen Mann?«

* Diese Zettelchen sind unter dem Titel »Mich hetzen Klänge«, 1999 im Verlag Brandstätter erschienen.

Als die beiden einander zum ersten Mal trafen, Ätna und Bärenfräulein, fielen sie sich um den Hals. »Brüderchen, mein Brüderchen!«, rief Gottfried, und der Ätna begrüßte ihn mit einem feurigen Kuß. Später stapften wir durch die schwarze Lava und starrten in den lebendigen Abgrund. Nein, sie sind mehr als Brüder, die zwei. Heimliche Doppelgänger vielleicht? Oder wie eine Dame in vielen Kleidern, erscheint eine Seele in mehr als nur einer Gestalt. Erstaunlich ist alles und nichts. Aber gemütlich ist es nicht, mit dem Ätna persönlich verheiratet zu sein!

Zum Glück speit er, statt Feuer, Musik. Manchmal, oft.

Zu Händels Wassermusik gehört von Einems Feuermusik, obwohl er sie, wenigstens unter diesem Titel, erst schreiben muß. Denn unter der Haut ist er Magma, Magma und noch einmal Magma. Ein Vulkan halt, und man weiß nie, wann er ausbricht, und warum.

Ich weiß nicht, ob der Ätna Humor hat. Wahrscheinlich schon. Das Bärenfräulein jedenfalls hat ihn, und zwar in allen Schattierungen. Und so lachen wir sehr gern miteinander, am liebsten über uns selbst. Grund genug gibt es! Was mir, unter anderem, so gut an ihm gefällt, ist sein lockerer Umgang mit der eigenen Person. Ich stelle es mir ziemlich schrecklich vor, mit einem Künstler verheiratet zu sein, der sich selbst ernst nimmt oder gar anbetet. Das Bärenfräulein ist zwar, so vermute ich, ein Genie. Aber so ein bescheidenes. Er ist mit einem Marmeladenbrot oder einem Paar Würstel zufrieden. Und wenn ihm wer ganz lieber Vanillekipferl, Lebkuchenbusserl oder Zimtsterne bäckt, ist er überglücklich. Und obwohl er sich früher bei Knize einkleidete und im Sacher oder Adlon wohnte, ist er mit seiner Kammer im Waldviertler Holzfällererhaus zufrieden und spricht mit den Rehböcken, die auf der Wiese blaffen, ebenso gern, wie mit Ministern und Fürsten. Er ist halt keine Persönlichkeit, die sich aufspielt, sondern ein spielendes Kind. »Wie alt«, fragte ich ihn einmal, bist Du wirklich?« Und er sagte: »Drei!«

Er ist der beste Freund, den je ein Mensch haben kann. Er ist fähig, zu hassen. Und er ist fähig, zu lieben. Lianne, seine erste Frau, geht in unseren Köpfen und Herzen aus und ein. Das tun auch andere Tote, denn Gottfried lebt, wie alle wirklich begabten Leute, in bei den Welten zugleich. Eine glückliche Mischung aus Sinnlich- und Übersinnlichkeit, und jedes von beiden allein ist eigentlich gräßlich. Aber zusammen ergibt es den buntesten Strauß von Wirklichkeiten, in allen Landschaften des Bewußtseins gepflückt.

Aus der Ehe mit Lianne hat er einen Sohn Caspar, der kein Vulkan ist, Gott sei Dank, es gäbe sonst einen Großbrand. Sondern Caspar ist ein führender Manager geworden, und der Vater ist durchaus beeindruckt von Qualitäten, die ihm selbst gänzlich fehlen. Und es gibt einen Enkel Boris, der Klavier spielt und die Fahrpläne sämtlicher Straßenbahnen der Welt (beinahe auswendig) kennt. Jetzt hätte ich fast die sechs Katzen vergessen! Dabei gehören sie zum wichtigsten im Leben des Bärenfräuleins, das sie zärtlich und leidenschaftlich teilen. Er hat ihnen einen ganzen Liederzyklus gewidmet! Und er liebt Tiere, alle. Daß die Bibel dem Menschen über sie zu herrschen gebietet, hält er für einen großen Frevel. Denn Menschen, Tiere und Pflanzen sind eine einzige große Familie, die in Liebe und Behutsamkeit auf unserem lebendigen Stern zusammenleben sollte. Gottfried von Einem, der Hermelinbär, ist ein brennender Leuchtturm, ein gefährlicher Feind und ein Krieger der Liebe.«

Inzwischen sind es noch mehr Katzen geworden, und der »Fruchtgenuß«, eine juristische Idee, verwandelte sich beim Notar in Weitra in ein normales Geschenk. Denn Gottfried von Einem hat, vielleicht zum ersten und einzigen Mal in seinem Leben, tiefe Wurzeln geschlagen.

Daß er Ehrenbürger von Bad Großpertholz wurde, hat ihn genauso gefreut wie die Ehrenbürgerschaft Wiens. Die Menschen hier wurden seine Freunde. Caspar, inzwischen Minister, hat den Vater drei Jahre nach seinem Tod noch einmal in Rindlberg besucht. Er ist sehr lang, begleitet nur von seiner Frau, auf der Waldwiese geblieben. Gewiß hat Gottfrieds Lächeln ihn voller Liebe empfangen.

Eigentlich zweifle ich nicht daran, daß er den 850. Geburtstag von Großpertholz mitfeiert, und man möge bitte immer ein volles Glas Wein für ihn hinstellen. Zwar verändern wir uns schon ein bißchen, wenn wir sterben. Aber vielleicht nicht allzu sehr. Und so kehrt der Ehrenbär immer wieder in seine alte Lucke zurück.

Dort ist er dem Herrn Primarius Kiprov begegnet, der die Geschichte, weil ich ihn darum bat, aufschrieb und eigenhändig bezeugte. Lesen Sie selbst!

»Im Dezember 1995 erwarb ich von Gottfried von Einem und Lotte Ingrisch das Haus in Rindlberg, in dem beide fast 25 Jahre lang gelebt hatten. Bald darauf starb Gottfried von Einem. Nach umfangreichen Mordernisierungen fuhr ich am 1. September 1996 allein in nunmehr mein Rindlberger Haus, verließ es um 19 Uhr, um mein Abendessen im Nachbardorf einzunehmen, und kehrte um 20 Uhr zurück. Zu meiner Überraschung brannte in Gottfried von Einems Componierzimmer im ersten Stock Licht. Ich ging hinauf, drehte es ab und begab mich in mein direkt darunter befindliches Schlafzimmer, in dem vor mir Lotte Ingrisch geschlafen hat. Ich ging zu Bett, da

hörte ich über mir Schritte. Beunruhigt nahm ich meine Pistole und durchsuchte zuerst das Componierzimmer und danach das ganze Haus gründlich nach vermeintlichen Einbrechern. Da ich nichts fand, ging ich wieder in mein Schlafzimmer, doch sperrte ich diesmal die Tür hinter mir zu und nahm sicherheitshalber die Pistole mit mir in mein Bett. Da hörte ich abermals Schritte! Sie kamen vom Componierzimmer über die Treppe herunter durch die verschlossene Tür direkt zu mir. Ich nahm eine Bewegung im Zimmer wahr und wollte nach meiner Pistole greifen, vermochte es aber nicht. Ich war wie paralysiert, während die Schritte sich meinem Bett näherten und es umkreisten. Meine rechte Hand wurde von einer anderen ergriffen und mein Arm bis über den Ellenbogen hinauf abgetastet. Plötzlich empfing ich einen so starken elektrischen Schlag, daß es mich im Bett hochriß, und gleichzeitig erlangte ich die Herrschaft über meinen Körper zurück. »Herr von Einem«, rief ich, »Sie sind immer willkommen!« Damit war der Spuk zu Ende. Ich rief sofort meinen Freund, den Verleger Prof. Ulrich Schulenberg, an und erzählte ihm alles. Ich habe nie zuvor an Geister geglaubt.

* zitiert aus »Ratte und Bärenfräulein«

Geister und Tiere

Nelly und Gülnare waren die ersten, die unsere Waldeinsamkeit teilten. Freund Bertrand, Abt vom Stift Zwettl, hat sie uns persönlich gebracht. Damals war er noch der Gobelsburger Herr über Wein und Getier.

Ich ließ einen wunderschönen Stall für sie bauen, ein Hotel Sacher für Schafe. Denn sie sollten glücklich sein, unsere weißen Jungfrauen. Aber zum Glück gehört nun einmal die Liebe, und da waren wir ratlos. Ingrid Pfleiderer lud uns zum Mittagessen in ihr Schloß ein, das nur drei Kilometer unterhalb von Rindlberg liegt. »Ich habe«, sagte sie, »einen schwarzen Bock. Er heißt Mandi, und Sie können ihn für ein paar Tage haben.«

»Haben Sie schon gehört?« Abenteuerliche Gerüchte suchten die Wiener Society heim. Irgendjemand war zufällig mit seinem Auto im Waldviertel unterwegs. »Unmöglich!« »Aber der Sowieso hat es mit eigenen Augen gesehen. Es ist nicht zu fassen!« »Ich bitte Sie, ein Baron! Als Komponist weltberühmt...« »Er hätte diese Frau nicht heiraten sollen.« »In der Loge des Operndirektors. Er saß jeden Abend in der Loge des Operndirektors. Und jetzt treibt er, es ist kaum zu glauben, einen Schafbock über die Straße.«

Nelly und Gülnare waren im siebenten Himmel. Sogar wir waren in den schönen, sanften Mandi verliebt. Rosabella kam zur Welt, Felix, Mathilde, Bibi und Bubi. Was wir jetzt noch unbedingt brauchen, fanden wir, ist eine Katze.

Der Pfarrer von Karlstift hat uns einen kleinen schwarzen Kater geschenkt. »Uiwui« machte er, als er uns zum ersten Mal sah. Und so nannten wir ihn. »Wui Wui«, und ich malte sein Bild auf die Küchentür.

Er folgte mir auf Schritt und Tritt und schlief nachts in meinem Arm. Nur einmal verließ er mich. Ich suchte ihn Tage lang in allen Dörfern ringsum, bis ich ihn endlich, pussierend mit einer dicken Käterin, fand. Bei meinem Anblick zog er sich indigniert mit ihr auf den Heuboden zurück. Wie eine Ehefrau ihrem Mann ins Wirtshaus, lief ich ihm alle Stunden nach. »Komm nach Haus, Wui Wui, komm bitte mit mir nach Haus!« Er tat, als würde er mich nicht kennen. Halb verhungert kehrte er endlich heim, und sein linkes Ohr war zerfranst. Damals respektierte ich noch die Männlichkeit mit ihren Freuden und Leiden. Später hat der Tierarzt mich eines Besseren belehrt.

Wui Wui war nun ein erwachsener Krieger. Wenn er mit seinem Feind kämpfen mußte, einem häßlichen grauen Riesen, half ich ihm dabei. Mit Drohgeschrei meinen Pantoffel schwingend, lief ich in Vollmondnächten über die Wiese, und gemeinsam schlugen wir den Gegner in die Flucht. Die hochgemute Rückkehr ins Haus, ich im Pyjama, er mit triumphierend erhobenem Schweif...

Eines Morgens piepste etwas im Gras. Wir suchten den vermeintlichen Vogel und fanden Mimi, Mümmy, Mumbuduku Bumbuwu. Winzig, grünäugig und schwarz. Mit einem weißen Schürzchen wie ein Stubenmädel.

Bestimmt hat ein gutherziges Kind ihn heimlich vor unsere Tür gesetzt, damit er nicht ertränkt würde wie seine Geschwister.

Wui Wui raste vor Eifersucht. Er, der schon hinter den Ribislstrauch ging und klagte, wenn ich nur ein

Schaf streichelte oder gar Sir Alfons, das Kaninchen! Dabei war Sir Alfons nur ein Logiergast. Unser Freund, der Greißler, hatte ihn ganz verstört zu uns gebracht. Das Tier hatte sich nämlich angewöhnt, ihm, so oft er in seine Nähe kam, direkt ins Gesicht zu pinkeln. Das war, fanden wir, eine sportliche Meisterleistung. So ein Talent durfte nicht an eine Bratpfanne vergeudet werden, im Gegenteil! Es mußte sich fortpflanzen. Also suchten wir eine anmutige Kaninchendame, setzten sie ihm vor die Nase und ließen die beiden allein. Also ganz allein nicht, denn Greißler und Greißlerin, Gottfried und ich lauerten hinterm Schupfen und spähten durch jeden Spalt. Oh, die Schande! Sir Alfons war, was den Umgang mit Damen betraf, völlig ahnungslos. Immer wieder setzte er sich hoffnungsvoll auf den Kopf seiner Braut, bis es der endlich zu dumm wurde und sie sich hoppelnd empfahl. Wie man sieht, ist die Liebe nicht nur für Menschen oft ein großes Problem.

Sir Alfons wurde ein Hagestolz. Aber irgendwann begann der große Kater den kleinen zu putzen, und die Welt war wieder in Ordnung. Bis an einem heißen Augustmorgen ein Auto Wui Wui überfuhr. Ich weinte wochenlang. Und überlegte, dem allein zurückgebliebenen Mümmy eine kleine Gefährtin zu schenken. Oder würde Wui Wui sich über eine neue Katze im Haus vielleicht kränken? Ich ging zu seinem Grab unter Rose und Birke, erklärte ihm alles und bat ihn, mir ein Zeichen zu geben. Eine Viertelstunde später stand unsere Freundin Karin aus dem Nachbardorf Reichenau vor der Tür. Ob wir nicht ein Katzenkind, das sie gerade vor dem Ertränktwerden gerettet hatte, aufnehmen würden?

Wir nannten sie Kätchen, weil sie, wie das Kätchen von Heilbronn ihrem Ritter, Gottfried verliebt hinterherging. Daraus wurde dann Gättchen, und es war mein Zimmer, in dem sie eines Nachmittags ihre Unschuld verlor. Mümmy hatte lange um sie geworben, behutsam und zärtlich, und doch nur Pfötchenhiebe bekommen. Endlich erhörte sie ihn!

Als wir während ihrer Trächtigkeit nach Berlin reisen mußten, engagierten wie als Hebamme für sie Erich Jantsch, den berühmten Systemwissenschaftler. Er war gerade aus Berkeley einen Sprung nach Europa gekommen, und nun saß er mutterseelenallein und bei strömendem Regen mit einer kleinen Katze in unserem Haus. Natürlich passierte überhaupt nichts! Aber zwischen den beiden entspann sich ein zarter Faden der Zuneigung, und diese goldenen Fäden zerreißen vielleicht nie. Im Gewebe aller dies- und jenseitigen Welten bilden sie – wer weiß? – unvergängliche Muster der Freude.

Aber was geschah wirklich mit Gättchen? Das soll Gottfried selbst, wie vor Jahren, erzählen!

Meine Tochter Sabinettchen
oder
Pater Semper Incertus

Eines Tages wurde Gättchen, meine kleine Frau, schwanger. »Du Hure«, sagte ich. Sie schnurrte. »Pst«, sagte meine andere Frau, die gesetzliche. »Die Nachbarn glauben sonst… « »Sollen sie!« sagte ich und ging schlafen. Gättchen legte sich, als wäre überhaupt nichts geschehen, zu mir ins Bett und schmiegte zufrieden das rosige Schnäuzchen in meine Hand.

Sie war nicht einmal hübsch. Eine weißscheckige Landkatze, und sie sah immer ein bißchen räudig aus. Das kam wohl daher, daß sie – kaum auf der Welt – schon ertränkt werden sollte. Vorübergehende Spaziergänger retteten sie, und natürlich landete sie bei uns. Wir hatten damals zwei Kater, Wui Wui und Mümmy, und Wui Wui war gerade von einem Auto totgefahren worden. Mümmy nahm Gättchen wie eine männliche Mutter an. Er putzte sie, unterwies sie im Mäusefang, und später machte er ihr mit großer Zartheit den Hof.

Eines Nachts kam Gättchen in meinem Bett in die Wehen. Hastig brachte ich sie zu meiner zweibeinigen Frau; schließlich war mein Bett frisch überzogen. Die Zweibeinige verklärte sich geradezu, da sie sich einbildete, der tote Wui käme vielleicht auf diesem nicht ungewöhnlichen Wege zu ihr zurück.

Ich schlief längst, als jemand vorsichtig meine Tür aufstieß. Als ich die Augen öffnete, sprang Gättchen, einen kleinen Pelz im Maul, mit einem triumphierenden Satz auf mein Bett. Als wäre es die selbstverständlichste Sache der Welt, legte sie mir ihr Neugeborenes auf die Brust. Dann schnurrte sie kurz, kroch unter meine Achsel und schlief sofort ein.

Wer wagt sich schon mit einer solchen Winzigkeit auf der Brust zu bewegen? Den Rest der Nacht lag ich starr da und hatte Muße genug, über einen hübschen Namen für unsere Tochter nachzudenken. »Sie heißt«, erklärte ich am Morgen der Zwei- und der Vierbeinigen , »Sabinettchen.«

Wir waren eine glückliche Familie. Ich habe Wui Wui, Mümmy, Gättchen und Sabinettchen einen ganzen Liederzyklus gewidmet. Wer sie wohl totgefahren hat, eins nach dem anderen? Und jedes Auto hat doch eine Bremse, und die Geschwindigkeiten auf Dorfstraßen sind beschränkt. Aber so wahr ich hexen kann, ich warf einen Fluch auf die Mörder! Mörder, jawohl!

Ach, Sabinettchen. Mausgrau, mit winziger weißer Maske, weißen Pfötchen und weißem Latz. So rührend! Ihre Augen waren leidenschaftlich und grün. Sie war so schüchtern, daß sie sich vor allen Leuten unter meiner Bettdecke verkroch. Sogar vor den verliebten Katern, die in Vollmondnächten klagend ums Haus schlichen.

Wie sie trotzdem die stolze Mama von Schneeflöckchen, Pelzchen und Zanni wurde, bleibt ein Rätsel. Sie tanzte so gern auf meinen Schultern. Ich küßte sie dann und nannte sie, obwohl das keinen genauen Sinn ergab, meine kleine Geliebte. Eines Tages, so versprach ich ihr, würde sie ein Menschenmädchen und ich ihr Schutzengel sein. In einer großen grauen Stadt. Merkwürdig, ich sah sie immer als kleines Mädchen in einer großen grauen Stadt.

Nein, Wui Wui war sie wahrscheinlich nicht. Es sei denn, wir gestalteten unsere vielen Persönlichkeiten wie ein Schauspieler seine Rollen. Es gehört zum Repertoire eines guten Komödianten, möglichst viele gegensätzliche Charaktere glaubwürdig zu machen. Aber wer oder was ist der Spieler aller Rollen, der Komödiant? Und wo die Quelle, aus der unsere Erscheinungen fließen?

Ist der Spieler vielleicht selbst nur eine Rolle in einem für uns nicht erkennbaren Metaspiel? Vertrauen wir der Phantasie! Sie ist unser Kompaß in allen Wirklichkeiten, der siebente Sinn.

Er führte mich durch den Namen Großpertholz direkt zu der doppelt großen Frau Perchta und Holda.

Immer schon zog sie mich an, die Dämonin der Toten, der Wilden Jagd, die als Frau Holle in den Brunnen unserer Märchen einging. Wie hätten wir wo anders hingehen können? Alle die Jahre schaute ich aus den Augenwinkeln nach der Entenfüßigen aus. Und wie habe ich ihre Rauhnächte geliebt, wenn die Stürme um unser Haus heulten, das langsam im Schnee versank.

Die Rehe auch, wenn ich sie am Morgen aus dem Wald heraus rief. Bis zu den Köpfchen versanken sie manchmal im Schnee, wenn sie mühselig zu unserer Futterkrippe kamen. Sie hatten keine Angst mehr vor uns, wir vertrauten einander. Im Sommer fraßen sie die Äpfel unter den Bäumen, die Stachelbeeren von den Sträuchern. Und zweimal wachte ich mitten in der Nacht auf, und mit mir alle Katzen. Ein Reh stand vor unserem Bett und schaute uns groß an. Dann drehte es sich ohne Eile um und ging durch meine offene Tür wieder hinaus auf die Wiese.

Und es war auch Sommer, ein Tag im August, an dem Sabinettchen starb. Sie war hintenherum ein wenig rundlich geworden, darum nannten wir sie jetzt auch Dachs. Gottfried, unter anderem Präsident der Gustav Mahler-Gesellschaft, mußte zu Mahlers Komponierhäusel am Attersee fahren. Der Wirt, dem es gehörte, hatte wirklich ein Häusel daraus gemacht, ein Pissoir, und das konnte Gottfried nicht zulassen. Ich war sein Chauffeur, und irgendwann fuhren wir über eine »Dachs-Brücke«. Schau, lachten wir, wie berühmt Sabinettchen schon ist!

Das war genau die Zeit, in der ein Auto über Sabinettchen hinwegfuhr. Ihre Brücke in die andere, die nächste Wirklichkeit. Denn warum sollte ihr Leben mit dem Tod zu Ende sein? Welcher Dünkel, die Unsterblichkeit der Seele für sich selbst zu beanspruchen, und die Tiere auszuschließen vom Paradies. Wie kommt der Mensch auf die Idee, sich für die Krone der Schöpfung zu halten? Er ist jedem Tier überlegen, und er ist jedem Tier unterlegen. Wir sind eine bunte Gesellschaft auf dem Weg in die Ewigkeit. Stern und Baum, Ding, Mensch und Tier. Die lebendigen Scherben des zerbrochenen Spiegels. Und wenn er wieder ganz ist, gibt es Tier, Mensch und Ding, Baum und Sterne nicht mehr.

Aber so lang es uns gibt, seien wir Kameraden! Große und kleine. Frei, gleich und brüderlich.

Mahlers Komponierhäusel ist, dafür hat Gottfried gekämpft, kein Pissoir mehr, sondern ein Denkmal. Aber Sabinettchen! Also wenn ich da die Wahl hätte... Zwei ihrer Jungen blieben bei uns, und eins, Zanni, kam in einen Grinzinger Garten. Pelzchen war Liebe auf vier Pfoten. Ein kleiner Kater mit schwarzen Ringelstrümpfen. Alle Tage putzte er hingebungsvoll mein Gesicht. Ich fand ihn eines Morgens, als ich die Milch holen ging. Eins seiner Augen war aus der Höhle gesprungen. Ein Autofahrer, und Gott segne ihn nicht. In Gottfrieds Oper »Tulifant«, zu der ich das Libretto schrieb, ließen wir Pelzchen singend und tanzend wieder auferstehen.

Daß unser zärtlicher Kater sich dabei in ein Mädchen verwandelt hat, verzeiht er gewiß.

Schneeflöckchen war schüchtern und hatte traurige Kinderaugen. Er putzte alle, und ihn putzte keiner. Bis auf mich. Irgendeiner, fand ich, mußte es tun. Auch Pelzchen hatte den sechsten Sinn. Rief man es nur in Gedanken, kam es sofort. Und tat alles, was man – gleichfalls wortlos – von ihm verlangte. Aber Schneeflöckchen war unser übersinnlichster Kater. Damals war gerade ein Erdbeben, und er zeigte es wie verrückt an. Meine Mutter starb in Wien. Schneeflöckchen strich in Rindlberg klagend um ihre unsichtbaren Beine.

Eigentlich haben alle unsere Katzen Geister gesehen. Nachts wichen sie rücklings vor einem Spuk, den ich nie wahrnahm, zurück. Schreiend und mit gesträubtem Fell verkrochenen sie sich unter den Möbeln. Auf der ganzen Welt wimmelt es, vermute ich, nur so von Toten. Sie sind alle lebendig und bleiben selbstverständlich nicht in ihren Gräbern. Da wären sie schön dumm!

Wie soll ich es Ihnen, die mich vielleicht mitleidig belächeln, erklären? Wir leben in einer Kultur, die uns lehrt, ICH zu unserem Körper zu sagen. Andere Kulturen identifizieren sich nicht mit ihm, was für ihre Intelligenz spricht. Oder verändert jeder Haarschnitt unser Wesen? Von Mandeln, Blinddärmen und so weiter zu schweigen. Nein, natürlich sind wir nicht unser Körper, und er hat auch garantiert keine Seele. Sondern es ist immer die Seele, die einen Körper hat, oder viele. Carl Friedrich von Weizsäcker, der große Physiker, hat einmal gesagt: »Leib ist die Art, wie eine Seele der andern erscheint.« Und er behauptete nicht, daß es die einzige Art wäre.

In unserem Haus in Rindlberg gingen die Geister um, und allmählich haben wir uns an sie gewöhnt. Daß wir sie wahrnahmen, mag mit den gekreuzten Wasseradern zusammenhängen, auf denen wir lebten, und vor allem mit dem Granit. Er strahlt nämlich ein Gas ab, das man Radon nennt, und bei dem einigermaßen sensitive Leute in Trance fallen können.

Stellen Sie sich aber keine Ohnmächtigkeiten darunter vor, ganz im Gegenteil! Trance kommt von trans ire, Hinübergehen. Wo hinüber? Ganz einfach in einen höheren Zustand des eigenen Bewußtseins, dem eine andere Wahrnehmung entspricht. Dabei treten gewisse Veränderungen im Körper auf. Der Blutdruck sinkt, der Puls beschleunigt sich, und Thetawellen entstehen im Gehirn. Krankhaft ist überhaupt nichts daran. Zu allen Zeiten und an allen Orten haben Menschen, um ihr Bewußtsein zu erweitern, sich in der Trance geübt.

Gottfried von Einem, ich und unsere Katzen übten uns darin nicht. Tiere sind sowieso hell- und geistersichtig, und uns ist es passiert. Und anfangs waren wir gar nicht glücklich darüber. Später allerdings waren wir sehr dankbar dafür, daß dieses Tor in andere Wirklichkeiten sich nie mehr ganz für uns schloß. Eine einzige Wirklichkeit, noch dazu diese ein wenig alberne, ist nicht genug!

Auf Samtpfoten trat Mea Mea Seidenprinz in unser Leben. Ein wunderschöner blauäugiger Khmer-Kater. Nicht gerettet, wie die anderen, sondern geschenkt. Und so süß!

Gättchen fauchte. Zuerst fauchte sie Mea Mea an, dann mich, und dann Gottfried. Zuletzt fauchte sie ihr Futterschüsselchen an und ging. Was haben wir alles versucht, um sie zurückzugewinnen! Lockungen, Lekkerbissen, Nachschleichen. Ja, ich demütigte mich so weit, sie um Verzeihung zu bitten. Sie fauchte! Und schnurrte die Nachbarn an.

Natürlich erlagen sie ihr. Eines Tages hörte ich den Greißler zu unserer Katze sagen: »Gelt, zu die Blöden da unten gehst nicht mehr zurück!« Sie blieb. Die Blöden waren sehr traurig. Bald darauf wurde Gättchen, deren neues Haus nun direkt an der Straße lag, von zwei Autos überfahren.

Dafür wurde eine dreifarbige Glückskatze vor unserer Tür ausgesetzt. Kaum größer als meine Hand, und auch sonst... »Die schaut ja aus«, sagte die Greißlerin, »wie a Biafra-Plakat!« Zum Glück gab es in Bad Großpertholz einen hervorragenden Tierarzt. Homöopath, und er akupunktierte sogar Kühe. Die Katze wurde gesund, und wir nannten sie Dudelinchen. Ihr folgten bald darauf zwei kleine getigerte Kater, die ich mit dem Fläschchen großzog. Die beiden Schakalettchen, wie Gottfried sie nannte, hielten uns für ihre Eltern, was wir in gewissem Sinne auch waren, und hefteten sich an unsere Fersen. Aus lauter Angst, sie zu zertreten, schlurften wir nur mehr in Socken durchs Haus.

Ja, Mecki Bockertier! Den kleinen Ziegerich hätte ich beinahe vergessen. Wir erwarben ihn von einem jungen Maler im Nachbarwald, und mit ihm erwarben wir jede Menge Probleme. Dabei war er reizend! Allerdings fraß er Gottfrieds Flieder auf, die Rosen und unser Telefonbuch im ersten Stock. Die Treppe machte ihm großen Spaß. Ließen wir ihn auch nur drei Minuten lang auf der Wiese allein, schrie und weinte er wie ein Kind. Ich hörte auf, Theaterstücke zu schreiben. Ach was,

Literatur! Bocki Meckertier verlangte energisch nach meiner Gesellschaft.

Dann kam er in die Pubertät und gewöhnte sich an, mich tückisch zu verfolgen und mein Hinterteil auf die Hörner zu spießen. Ich verzieh ihm zwar, Gottfried aber nicht. Als er Bockis Hoden briet und verspeiste, weinte ich bitterlich.

Das Haus liegt etwa 300 m unter der Straße. In der Bärenlucke eben. Und immer mehr Autos fuhren vorbei. Unter eines davon geriet unser Seidenprinz Mea Mea. Immer schon wurde er von einem Dämon gejagt, den wir nie sahen. Er aber raste durchs Haus und versteckte sich überall. Warum hat er sich nicht vor dem Auto versteckt? Hintereinander brachte ich ihn zu drei Tier-ärzten, und alle drei schüttelten nur den Kopf.

Wieder daheim, streckte er sich auf dem Boden meines Zimmers zum Sterben aus. Er stieß kleine, zärtliche Laute aus. Es klang, als nähme er Abschied von mir. Ich legte mich zu ihm. Spürte, wie er langsam steif und kalt wurde. Da lief ich zum alten Kirschbaum, umarmte ihn und bat um Hilfe. Bat ihn verzweifelt, und dann legte ich meine beiden Hände von der Rinde des Baums auf das sterbende Tier. Sie mögen mir glauben oder auch nicht, doch ich sage die Wahrheit. Der Kirschbaum hat Mea Mea wieder lebendig gemacht! Allerdings hinkte er nun. Und zwar so schlimm daß es einem das Herz im Leib umdrehte. Zufällig las ich gerade, daß man sich in der Geburtsstunde seines Geburtstags etwas wünschen darf. Also wartete ich Tag und Stunde ab, und dann wünschte, wünschte, wünschte ich! Mea Mea hinkte nicht mehr.

Wir halten unsere Wirklichkeit für fest und von physikalischen Gesetzen bestimmt. Das ist ebenso richtig wie falsch. Denn unter gewissen Bedingungen wird sie biegsam und weich. Es scheint unsere psychische Energie zu sein, die ihre Härte schmilzt und sie formbar macht. Seit ich diese Erfahrungen machte, verfluche ich niemanden mehr. Die Erfüllung von Flüchen und Wünschen hängt von ihrer Heftigkeit ab, und nur selten wünschen wir das Gute ebenso leidenschaftlich wie Böses. Bei Mea Mea glückte es, und später bei Dudelinchen.

Kleiner Drache Dududu, wie haben wir sie geliebt. Kam sie unter ein Auto, fiel sie vom Baum? Wir wußten es nicht. Doch konnte sie nicht mehr laufen. Der erste Tierarzt schickte mich zum zweiten. Die Röntgenbilder zeigten eine gebrochene Hüfte und gequetschte, zerrissene Sehnen. Sie würde nie wieder gesund werden, sagte der Arzt.

Damals sprach in den Nächten mein erster Jenseitiger an der Schreibmaschine zu mir, nämlich Jörg Mauthe. Ich klagte ihm Dudelinchens Leid. Denn fortan trug ich sie in einem Weidenkörbchen mit mir herum. »Stell sie dir«, sagte Mauthe, »so oft du daran denkst, heil und gesund vor. Stell dir vor, wie sie über die Wiese läuft, auf Bäume klettert und springt.« Ich tat es. Nur wenige Wochen später sprang sie mir auf den Kopf, kletterte an den Wänden unserer Wiener Wohnung hoch und riß die Stofftapeten herunter.

Mümmys Schicksal konnte ich nicht wenden. Ihn, der mich so liebevoll in den Finger biß und dessen Rosenpfötchen ich schlafend in meiner Hand hielt, kratzte ich mit dem Spachtel von der Straße. Wir begruben seinen zerstückelten Leib, und ein kleines weißes Knöchelchen behielt ich als Andenken. Gottfried sah ihn auch später immer wieder um den Apfelkeller streichen, übers Dach laufen und mitten in der Mauer verschwinden.

Auch unsere lebendigen Katzen sahen die toten. Folgten ihnen mit ihren grünen und goldenen Augen, wichen zurück, versteckten sich, sogar vor den eigenen Futternäpfchen. Versuchten die jenseitig gewordenen Kater, zu fressen? Jedenfalls stellte ich während der ersten Tage immer eine Schüssel Milch auf ihr Grab. Und so hielten wir es auch mit toten Freunden. Wir bewirteten sie. Nicht mit Milch! Das hätte ihnen wohl wenig Freude bereitet. Nein, wir gossen im Sommer roten Wein in die Erde, und im Winter ins Feuer des Kamins.

Es war vor allem der Kamin, an den sie kamen. Unsere Mütter. Gottfrieds erste, noch jung verstorbene Frau Lianne von Bismarck. Boris Blacher, der Komponist und Gottfrieds Lehrer. Ihn hörte er in Rindlberg sterben, auf die Minute genau, obwohl es in Berlin geschah. Auch Pater Focke begleitete Gottfried bei seinem Tod in den Bergen, wo er erst Monate später gefunden wurde. Akkurat so, wie Gottfried es in seiner Rindlberger Komponierstube sah. Und natürlich Jörg Mauthe, er kam ins Haus, und er kam an den Kamin.

Diese Winterabende am Feuer, mit Wein und Gesprächen, waren das Allerschönste in meinem Leben. Manchmal stelle ich mir vor, daß Gottfried und ich, beide nun Geister, wieder dort sitzen, und meinetwegen die Ewigkeit lang. Oder vielleicht doch nicht die ganze, denn es gibt noch so viele Welten zu entdecken, mit dem Bärenfräulein zusammen, und möge in allen Rindlberg sein!

Wir hatten damals eine kleine Wohnung im Wiener Blutgassenviertel, in der es zwar auch spukte, aber nicht annähernd so überwältigend wie im Hexenhaus, wo jahrelang eine tote Barfrau aus Berlin anrief. Nachts, und nur in Rindlberg! Aber ich wollte gerade eine andere Geschichte erzählen. Eine wahre Liebesgeschichte, obwohl vielleicht alle Liebesgeschichten wahr sind, auch die erfundenen. Die erfundenen spielen nur in einer anderen Welt, die allerdings ebenso wirklich wie diese hier ist. Und eines Tages gehen wir alle in unsere erfundenen Welten ein, jeder in seine.

Aus welcher Welt Elfriede Pipsian zu mir kam, weiß ich nicht. Und natürlich hatte sie damals noch keinen Namen. Keinen jedenfalls, den ich kannte. Sie stand einfach vor der Haustür, als ich gerade ausgehen wollte. Im November, und da war es schon bitter kalt. Sogar, wenn man, wie wir, aus dem Nordwald in die Nikolaigasse kam.

Nein, hübsch war sie nicht. Ich erschrak sogar, als sie mich ansprach. Obwohl ich nicht verstand, was sie sagte. In den Märchenbüchern meiner Kindheit las ich, man müßte vom Fleisch der weißen Schlange essen, um die Sprache der Tiere zu verstehen. Aber ich habe noch nie eine weiße Schlange getroffen. Und träfe ich eine, würde ich sie viel lieber bitten, meine Freundin zu werden, statt sie zu verspeisen.

Der Vogel, der wie ein Punk aussah, mit nur ein paar Federbüscheln und sonst ratzekahl, sagte so etwas ähnliches wie Pipspipspipspipspipspipspipspipspiieeeps!

An der Ecke schwatzten zwei Frauen. »Wissen Sie«, fragte ich, »was das für ein Tier ist?« Das wäre, sagten sie, ein Taube. »Sie muß wohl sehr krank sein«, sagte ich. »Krank nicht«, sagten die Frauen. »Nur jung.« »Was«, fragte ich weiter, »wird mit ihr geschehen?« »Verhungern wird sie«, sagten die Frauen. »Wenn sie nicht vorher erfriert.«

Die Taube sagte nichts mehr. Sie hielt nur das Köpfchen schief und schaute mich an. Lieber Gott, und ich habe drei Katzen! Vom Ehemann ganz zu schweigen. Aber daran zu denken, war jetzt keine Zeit. Ich nahm Elfriede, die sich nicht wehrte, und trug sie ins Haus.

Sie piepste begeistert, also gefiel ihr der Name. Dabei war sie vielleicht, das werde ich nie mehr erfahren, ein Bub. Ich schloß sie in unsere Küche ein. »Mach dir«, sagte ich, »gar keine Gedanken!« Ich küßte sie auf die kleine Glatze. Dann machte ich sie vorsichtig mit unseren Katzen bekannt. Schneeflöckchen, Mea Mea Seidenprinz und Midudududududu. »Wir spielen jetzt Paradies«, sagte ich. »Also habt euch gefälligst alle sehr lieb!« Schneeflöckchen, mein schüchterner Stiernacken, verkroch sich unter dem Tisch. Mea Mea blickte mich aus blauen Augen erstaunt an. Nur Dudu stupste mit ihrem rosigen Näschen die Taube freundlich und neugierig an. Der Apfel der Erkenntnis hing noch am Baum.

Elfriede wohnte nun in der Küche. Ich sperrte ihren Schnabel auf und fütterte sie. Wenn sie satt war, setzte sie sich auf meine Schulter oder meinen Kopf. Wollte ich sie in ihr mit Heu ausgelegtes Brotkörbchen stellen, schrie sie verzweifelt.

Denn ich selbst war, so befand sie, ihr Nest. Schon war ich verloren, verloren, verloren. Und entschlossen, sie um keinen Preis wieder herzugeben, sollte meine Ehe auch in eine Krise geraten... Elfriede schnäbelte mit mir und bedeckte alles mit glückbringendem Taubendreck.

Gottfried, mein Mann, betrachtete stumm zuerst die Taube, dann mich. Er ist an kranke Eichhörnchen im Badezimmer gewöhnt, an dicke fröhliche Mäuse in der Speisekammer, und wenn ich im Winter die Fliegen füt-

tere, seufzt er nur. Ja, er rettet sogar selbst schon die Spinnen aus der Badewanne, Maulwürfe aus gierigen Katzenmäulern, und er friert standhaft in der Stube, wo die Schmetterlinge ihren Winterschlaf halten.

»Natürlich«, log ich trotzdem, »behalten wir sie nur bis zum Frühling!« Elfriede bekam einen großen Käfig, und dann fuhren wir alle miteinander im kleinen roten Automobil ins Waldviertel zurück. Ich vergrub meine Nase im wachsenden Taubengefieder. Sie roch nach Weihrauch. »Wir wollen sie Elfriede Weihrauch nennen«, sagte ich. Dann zeigte ich ihr den Kirschbaum, den Holunder, den Wald.

Die drei Katzen saßen vor dem Taubenkäfig und starrten Elfriede ernst und unverwandt an. Auch Gottfried besuchte sie gern, und sie führten lange, sehr täubische Gespräche. »Nicht Weihrauch«, erklärte mein Mann nach einem besonders leidenschaftlichen Dialog mit dem Vogel. »Sie heißt Elfriede Pipsian!« Und dabei blieb es.

Ich schleppte Elfriede überall mit, denn ich traute dem Katzenfrieden noch nicht. Rief ich nur ihren Namen, antwortete sie sogleich eifrig mit einer ganzen Jubel-Litanei. Nach jeder Fütterung schlüpfte sie in meinen Pullover und schmiegte sich unter meine Achsel. So schliefen wir manchmal, und eins war des anderen froh. Dudu gesellte sich als erste zu uns, dann Mea, und zuletzt sprang auch Schneeflöckchen auf mich. Da lagen wir alle fünf, eine Familie.

Es war der Himmel auf Erden. Oder die Erde im Himmel, denn wo sonst sollte sie sein? Daß wir beide getrennt voneinander erleben, ist eine unserer tragischen Merkwürdigkeiten, und wir haben eine Menge davon.

Zum Beispiel glauben die meisten, ein Mensch könnte sich nur in andere Menschen verlieben. Was für einen engen Begriff haben sie von der Liebe! Und auch von sich selbst.

Wissen Sie, was Liebe ist? Ein Akt der Bewußtseinserweiterung. Oder viele solcher Akte, darum sollte unsere Moral nicht so streng sein. Treue hat ohnedies mehr mit Chemie als mit Anstand zu tun. Nehmen wir eine Frau an, die fünf Männer liebt und dazu noch Teerosen, l'heure bleue und die Lipizzaner. Was geschieht? Sie geht mit den geliebten Geschöpfen und Dingen eine Verbindung ein, wie ein Atom das mit anderen Atomen tut, und was entsteht dabei? Ein Molekül. Oder, auf der nichtchemischen Ebene der Betrachtung, eine Erweiterung ihres Bewußtseins. Nicht ganz ohne Drogen! Denn selbstverständlich sind unsere Hormone nichts anderes als biologische Rauschgifte, die man nur glücklicherweise selbst produziert. Auch unglücklicherweise, und der Horrortrip heißt dann »unglückliche Liebe«. Oder, in der Sprache der Chemie, die Atome reagieren nicht so aufeinander, daß es zu einer Molekülbildung führt.

Die Fähigkeit, geradezu phantastische Moleküle zu bilden, ist in der Kindheit sehr groß, schrumpft in der Jugend zu den landläufigen Mustern von Liebschaft, Heirat und Familie und wächst nach dieser Phase der Beschränkung zu einer bizarren, beinahe grenzenlosen Freiheit. So kenne ich drei berühmte Männer, einer davon war übrigens Strindberg, die sich in einen Stern namens Capella verliebten. Rasend!

Einer der Sternenliebhaber erschoß sich, mitten in der Nacht, im Frack, das Fernrohr auf die Capella gerichtet. Eine leere Flasche Rotwein wurde neben seiner Leiche gefunden.

Elfriede, meine süße kleine Taube, zu lieben, ist demnach nichts Ausgefallenes. Obwohl ich, wenn ich mein Leben so rückwirkend betrachte, schon eher ein exotisches Riesenmolekül bin Und je älter ich werde, umso leichter fällt mir die Liebe. Ist sie doch die Kraft, die diese und alle anderen Welten zusammenhält, und Gravitation nur eins ihrer Synonyme.

Was wir Schicksal nennen, ist eine Umordnung der ein Ganzes bildenden Teile. Ist der Sprung von einer Stufe der Energie zu einer anderen. Sprünge, die tief in die Vergangenheit reichen, und vielleicht ebenso tief in die Zukunft. Warum komponiert Gottfried Quartette? Was bewog mich vor Jahren, einen ganz bestimmten schottischen Plaid zu kaufen, diesen und keinen anderen? Und welche Wege kreuzten sich an jenem Tag im November, als wir einander nur scheinbar plötzlich gegenüberstanden, der Vogel und ich?

Lange vorher träumte mir, ich kniete vor einem Käfig, in dem eine Taube gefangen war. Sollte ich den Käfig öffnen und ihr die Freiheit geben? Erwachend, hielt ich die Taube für ein Spiegelbild der eigenen Seele. Aber weiß ich denn wirklich, wer oder was den geliebten Schatten, den ich Elfriede genannt habe, warf? Wieder einmal fuhren wir, mit Katzenkorb und Vogelkäfig, nach Wien. Eines von Gottfrieds Quartetten wurde im Musikverein gespielt. Ich stellte den Taubenkäfig in unseren winzigen Biedermeier-Salon. Aber sie wird sich einsam fühlen, dachte ich. Auch wenn sie schläft. Also trug ich Elfriede in mein Zimmer zu den drei Katzen. Auf meiner alten englischen Schiffstruhe, die einem längst zu Staub zerfallenen Kapitän gehört hatte, war ihr Platz. Dann lief ich, es war höchste Zeit, aus dem Haus.

Und kehrte noch einmal um. Warum glaubte ich, nicht mehr und noch immer nicht, ans Paradies? Ich warf meinen Wollplaid über den Käfig. »So, kleine Elfriede«, sagte ich. »Jetzt bist du beschützt.«

Das Konzert war sehr schön. Nachher tranken wir mit Freunden ein paar Gläser Wein. Mein Herz war voll, und ich erzählte ihnen von unserer Taube. Unserer Taube? Um eine neue Wirklichkeit zu finden, müssen wir eine andere Sprache suchen. Mit der alten Sprache läßt sich die Welt nicht verändern. Ich erzählte also von der Taube, mit der wir zusammengeflossen waren: Rinnsale in der imaginaren Landschaft den Lebens.

Vom Turm der Stefanskirche schlug es Mitternacht, als wir die Haustür aufsperrten, vor der Elfriede gestanden war. Und waren wirklich erst fünfzehn Tage vergangen? Freudig stieg ich in den Lift.

Schneeflöckchen«, riefen wir. »Mea Äffchen, Dudu, Elfriede!« Die Katzen kamen gesprungen. Aber Elfriede, warum antwortete sie nicht? Schlief sie so tief?

So tief. Zuerst begriff ich nicht, was ich sah, als ich den Plaid von ihrem Käfig nahm. Mit gespreiteten Flügeln lag sie auf dem Boden aus Heu, so fremd auf einmal, so schrecklich weit fort. Ich stürzte in Gottfrieds Zimmer. »Die Katzen«, sagte ich. »Die Katzen haben ihr etwas getan.« Gottfried untersuchte den Käfig, ein schweigender Detektiv. »Nicht die Katzen«, sagte er endlich. Und dann, ganz leise: »Du hast sie erstickt.«

Die drei Katzen sprangen zu mir ins Bett und schmiegten sich tröstend an mich. »Ich hab sie umgebracht«, sagte ich. »Ich hab die kleine Elfriede getötet.«

Ein blaues und zwei goldene Augenpaare blickten mich an. Alles wissend, alles verstehend. Drei Zeugen. Sie waren bei der Taube gewesen, als sie starb. Und wie groß war die Angst, der Schmerz, hat sie geschrien?

Noch immer starr vor Entsetzen, fiel ich wie ein Stein in die Nacht.

Am nächsten Morgen die Hoffnung: Vielleicht war alles ein Traum? Aber nein, da lag sie und roch noch immer nach Weihrauch, als ich sie küßte. Wie traurig war unsere Rückfahrt!

Das Grab unter der Heckenrose, den Birken, der Drehhasel. Zuerst hatten wir Wui Wui eingegraben, den schwarzen Kater. Dann Pelzchen, dann Mummy, und Sabinettchen hatten wir nie gefunden. Irgendwann war ein altes Eichhörnchen dazugekommen, und ein fremder bunter Vogel. Ich holte den Spaten.

Als ich die kleine Grube ausgeschaufelt hatte, hüllte ich Elfriede in den Pullover, unter den sie so gern gekrochen war. Allen Tieren gab ich ein Stück von mir auf die Reise. Die rote Jacke, das gelbe Seidentuch, irgend etwas, das ich selbst mochte. Gottfried, Schneeflöckchen, Mea Mea und Midudu bildeten den Trauerzug. »Du mußt ihr, sagte Gottfried, »noch ein paar Körner mitgeben.« Ich tat es, und das Wasser für ihren Durst floß aus meinen Augen.

In den ersten Tagen fütterte ich sie noch. Das habe ich mit allen toten Tieren getan. Wenn Menschen, die ich liebhabe, gestorben sind, bekommen sie Wein. Auch Champagner, manchmal. Es steckt große Weisheit in den alten Bräuchen, und ein noch größeres Wissen. Alles fließt ja, nicht nur meine Tränen. Das Leben auch. Und der Tod.

Alles fließt. Und alles fließt ineinander. Leben und Tod. Sterne, Bäume, Steine. Mensch und Tier. Unser Denken zieht jene Grenzen, die es nicht gibt.

Ich wollte eine Liebesgeschichte erzählen. Habe ich eine Liebesgeschichte erzählt? Ich glaube schon. Sogar eine vollständige, da sie nahezu alle Elemente einer solchen enthält: Begegnung, Vereinigung, Trennung. Das Element der gemeinsamen Selbstreproduktion fehlt, denn Elfriede und ich bekamen kein Kind. Oder doch? Wer kennt schon die Fabelwesen, die unsere inneren Welten bevölkern, sich im Geist fortpflanzend wie buntes Licht.

Das Leben selbst ist ja eine Liebesgeschichte, sollte es wenigstens sein. Eine totale. So, wie in der Bibel die Alten ihr Weib erkannten und neue Wirklichkeit zeugten, zeugen wir Wirklichkeit durch die Liebe. Je weniger wir lieben, desto unwirklicher werden wir selbst.

Die kleine Taube, die meine Liebe weckte, hat mich also wirklicher gemacht, als ich es vorher war. Und da sie auch mich liebte, erhöhte ich den Grad ihres Seins. Daß sie tot ist, ändert daran nichts. Wir haben unsere Gestalt im Raum, und wir haben unsere Gestalt in der Zeit. Jenseits von Zeit und Raum sind wir gestaltlos. Wir sind lebendig. Wir sind tot. Wir *sind*.

Unsere nächste Liebe hieß Zizi Klapperschlange. Der junge Maler brachte sie zu uns. »Wenn ihr sie nicht nehmt«, sagte er, »muß ich sie umbringen.« Denn er hatte schon ein paar Dutzend Tiere. Also blieb sie bei uns. Eine graue, blauäugige Halbsiamesin. Zuerst hieß sie nur Zizi. Weil sie aber, kaum wurde sie eines Schmetterlings ansichtig oder gar eines Vogels, begeistert mit den Zähnen klapperte, nannten wir sie Klapperschlange. Doch nie hat sie einem Vogel oder Schmetterling etwas zuleide getan.

Nur alle Kabel zerbiß sie, und ihr Weidenkörbchen, in dem wir sie nach Wien mitnahmen, auch. Als es vollends kaputt war, sprang sie freudig im Auto herum. Als sie auf meinem Lenkrad landete, sagte Gottfried: »Die können wir nicht behalten! Kommt überhaupt nicht in Frage!« Dann wurde es merkwürdig still. Als ich endlich einen Blick auf meinen erzürnten Ehemann wagte, saß Zizi auf seinem Schoß, und er hielt ihr Pfötchen in seiner Hand.

Die Jahre mit Zizi waren überaus glücklich. Sie schlief, und zwar prinzipiell, nur auf meinem Gesicht. Wenn sie nicht schlief, saß sie nachts auf dem erkalteten Backofen und zitterte. Denn ihr Fellchen war seidig und dünn. Nur ihretwegen haben wir in allen Küchen elektrische Heizplatten an die Wand montiert. Davor stellten wir einen kleinen Polsterstuhl, so hatte sie es stets warm und bequem. Das schätzte auch Mea Seidenprinz, und da lagen sie einträchtig beinander.

An einem Augustabend lag Schneeflöckchen überfahren auf der Straße. Er schrie wie ein Kind. Ich fuhr mit ihm zum Tierarzt. Er konnte ihm nur mehr das Sterben erleichtern. Wir legten den kleinen Leichnam auf das schwarze Samtkissen, das Stammplätzchen des lebendigen, und waren unendlich traurig.

Im September haben wir ihn beide in meinem Zimmer gehört. Es klapperte auf der alten Truhe, als spielte jemand mit den hübschen Dingen, die darauf lagen. »Da hat sich doch gerade eine Katze neben mir geputzt«, sagte Gottfried und schaute beunruhigt hinter den Ofen. » Ich hab das Schlecken ganz deutlich gehört.

Und jetzt ist keine da.« Klar, wir waren eben aus Wien gekommen, und alle Katzen inspizierten ihr Revier auf der Wiese. »Schneeflöckchen«, sagte ich, » ist schon eine ganze Weile da.«

Gottfried wollte der Sache auf den Grund gehen. Er guckte unter mein Bett, kroch unter die Möbel – nichts. Ich dachte an Wui Wui, unseren ersten Kater, der auch posthum in meinem Zimmer gespukt hat. Dachte auch an eine fremde Dame, die mich vor vielen Jahren besuchte, weil ihr toter Kanarienvogel plötzlich zu singen begann. Sie war selig, nur der Ehemann rannte in panischer Angst aus dem Zimmer. Das tat mein Gottfried nicht! »Alles wird«, sagte er, »immer mehr transparent. Das Holz, die Möbel...« Aber vielleicht wurde nur unser Bewußtsein transparent.

Am nächsten Tag rief eine Freundin aus der Umgebung Zwettls an. Sie hatte gerade vier Kätzchen, die man erschlagen wollte, versteckt. Könnten wir ganz geschwind kommen und eines holen? Es war schon finster, aber wir fuhren sofort los.

»Das?«, sagte der Tierarzt und starrte die schwarze Winzigkeit in meiner Hand an. »Das wollen Sie durchbringen?« Ich wollte! Die Milch kam aus der Pipette, verhungern würde das Katerchen also nicht. Aber das Gegenteil? Aus Erfahrung wußte ich, daß Katzenmütter die Exkremente ihrer Jungen liebevoll absaugen. O Gott, und ich bin so ein Ästhet! Ginge dieser Kelch nur an mir vorüber... Er ging. Ich mußte nur sein Bäuchlein massieren, schon piepste er, und schwupps.

Er war schwarz wie ein Rawuzl, und so nannten wir ihn. Eine weiße Schneeflocke saß auf seiner Brust. Und er kam genau einen Tag nach Schneeflöckchens Tod auf die Welt. Aber schüchtern war er überhaupt nicht! Er jagte unsere fünf großen Katzen durchs Haus und auf die Schränke, sie waren dermaßen verblüfft, daß sie sich alles gefallen ließen. Später war kein fremder Futternapf vor ihm sicher, und nachts warf er jede andere Katze kurzerhand aus meinem Bett. Zizi Klapperschlange aber liebte er, denn sie umsorgte ihn zärtlich. Eine junge, schöne Mama.

Dann muß irgendetwas passiert sein. Denn aus dem Alpha wurde ein Omega-Tier. Von Stufe zu Stufe fiel er in der kätzischen Rangordnung zurück, bis er auf dem letzten Platz landete. Nun war er dem armen Schneeflöckchen ähnlich. Und es kam noch viel schlimmer. Während eines Seminars, das ich in Oberdürnbach hielt, ist er spurlos verschwunden.

Monate lang hab ich ihn gesucht. Die Katzentür offen gelassen, auch wenn wir nicht da waren, und Futter bereit gestellt. Die Freude, als sein Näpfchen leer und der Abdruck seines Leibchens in unseren Betten war! Eine Freundin, wir waren gerade in Wien, legte sich auf die Lauer und schloß ihn im Haus ein. Er kratzte und biß, als ich ihn abholte. Wir wohnten in der Hofburg, und dort saß er drei Monate lang unter meinem Schrank. Er muß ein Trauma erlitten haben, sagte mein Mann.

»Kein Trauma!«, erklärte der Herr, der ein Video mit mir drehte. »Das Tier ist besessen.« Er zeichnete ein Pentagramm auf ein Blatt Papier. »Das zeigen Sie ihm«, sagte er, »und der böse Geist fährt heraus.« »Kein Pentagramm«, sagte unsere Nachbarin, eine sehr fromme Dame. »Weihwasser! Ich hab dir Weihwasser aus der Michaelerkirche gebracht.« Fortan spritzte ich abwechselnd Weihwasser unter den Schrank und hielt dem Dämon mein Pentagramm unter die Nase. Vergebens! Rawuzelchen pfauchte und biß mir beinahe den Daumen entzwei.

Wir holten professionelle Hilfe. Rawuzl kam zum Tierarzt – und war gar nicht Rawuzl! Ein wildfremder, unkastrierter Kater saß unter meinem Schrank. Wir nannten ihn Spiriterl, kleiner Geist, und gewannen ihn lieb.

Mea Mea, Zizi Klapperschlange und Dudelinchen sind gestorben. Mea Mea an Urämie, Zizi an der Rinderseuche, und Dudelinchen war schon ein altes Mädchen. Zizi Klapperschlange verbrachte ihre letzte Nacht in Gottfrieds Bett. Sie nahm Abschied, und wir haben geweint. Im Tod sprangen sie aus einem Traum in einen anderen, wie wir alle. Es bedeutet nicht viel. Aber ich wünsche mir so sehr, im gleichen Traum zu erwachen wie Gottfried und alle unsere Tiere. Es gibt dies- und jenseitige Träume, in denen wir schlafend erwachen. Wie soll man ein Paradoxon denn erklären? Zum Beispiel, daß wir lebendig und tot sind, träumend und wach, und beides zugleich.

Ich weiß, daß es so ist, ohne es selbst zu verstehen. Unser Kopf scheint dafür gänzlich ungeeignet zu sein, und mit dem Herzen können wir noch nicht denken. Doch werden wir es eines Tages vielleicht erlernen.

Ich hörte von einer Tierquälerin, die ein Kätzchen folterte. Da hab ich es natürlich entführt Fuxi, meine süße kleine rote Maus. Aber eine Feministin! Kaum sah sie unsere Kater, knurrte sie ärgerlich und fauchte sie an. Ich hätte sie so gern glücklich gemacht! Und habe stattdessen, mit ärztlicher Hilfe, nur ihr Elend verlängert. Nach eineinhalb Jahren erlag sie ihren Verletzungen.

Mich aber trieb es, als könnte ich die Vergangenheit

gegenwärtig machen, immer wieder nach Rindlberg. Da ich es nicht konnte, machte jeder Besuch mich noch trauriger. Nur einmal im August, das ist mein Katzenmonat, schloß die Zeit sich zum Kreis.

In der Scheiben, dem Nachbardorf, hat Wui Wui zum ersten Mal die Liebe erlebt. Zweiundzwanzig Jahre später lief ein grau getigertes Katzerl dort auf und ab. Schon seit Tagen, wie mir die Leute sagten, und völlig verzweifelt. Ich hob es auf, und es machte: »Iju!« So heißt sie jetzt, Wui Wuis späte Ururenkelin und wohl meine letzte Katze in diesem Leben.

Aber wer weiß? Womöglich haben wir viele Biographien. Doch möchte ich in keiner von ihnen ohne Tiere sein, und ohne Geister.

Nebelstein

Meine Geschichte ist nicht meine Geschichte. Ich habe sie der Frau vom Nebelstein, die davon lebt, fremde Geschichten zu erzählen, geschenkt. Sie bat mich nicht darum, ich selbst wollte es so. Denn Wörter sind wie Tiere. Man muß sie erst zähmen. Dazu bin ich zu jung, und so fliehen sie und verbergen sich vor mir. Zuerst habe ich sie verfolgt. Ich suchte sie überall in meinem Kopf. Davon wurde ich so verwirrt, daß ich an dem, was ich selbst erlebt habe, zu zweifeln begann. Da ging ich zu ihr. Mein Dorf und ihr Dorf sind nur durch einen großen Wald voneinander getrennt. Mitten in diesem Wald erhebt sich der Nebelstein, wo alles endete und begann.

Sie, nämlich die Frau vom Nebelstein, lebt mit einem bärtigen Mann und fünf Katzen in einem Waldwiesenhaus. Ihre Stimme ist jung, aber die Hände sind alt. Im Schein des Kaminfeuers konnte ich nur ihre Hände erkennen. Denn obwohl ich erst in der Dämmerung kam, zündete sie kein Licht an. Mir war es recht, daß auch sie mein Gesicht nicht genau sah. Ich bat sogar, auch meinen Namen verschweigen zu dürfen. Aller Wahrscheinlichkeit nach werde ich ein normales Leben führen, und dazu paßt die Geschichte, die ich ihr erzählt habe, nicht. Die Leute würden mich meiden. Vielleicht würden sie mir sogar Schlimmeres tun.

Ich bin ein Jahr lang traurig gewesen. So traurig, daß ich zuletzt zu sterben beschloß. Es war kein plötzlicher Entschluß. Ich erzähle absichtlich nicht, welche Schulen ich besuchte und was für einen Beruf ich endlich ergriff. Außerdem spielt es sowieso keine Rolle. Vorhin sagte ich, daß ich zu jung bin, um die Wörter zu zähmen. Das stimmt und stimmt nicht. Denn ich fühle – oder vielmehr fühlte – mich alt. Älter als meine Mutter. Älter als mein Vater. Älter sogar als der Großvater, die Großmutter, die immer noch etwas vom Leben erwarten. Und wenn es auch nur eine gute Kartoffelernte ist oder ein wenig warme Sonne auf dem Rücken. Ich aber erwartete nichts. So, als wäre ich ohne Hoffnung auf die Welt gekommen. Und ganz ohne Neugier.

Ich war wie ein Fluß, der nicht fließt. Da dachte ich, es wäre besser, ein Ende zu machen. Zum Sterben hatte ich zwar keinen Grund, aber zum Leben auch nicht. Es war mir sogar gleich, ob ich lebendig war oder tot. Ich fühlte mich ohnedies dazwischen. Nicht Fisch und nicht Fleisch. Und weil Vollmond war und der Schnee so glänzte, stand ich gestern nacht noch einmal auf, zog mich an und ging leise hinaus.

Niemand hörte mich, als ich das Haus verließ. Obwohl es noch lange nicht elf war, brannte in keinem Haus unseres Dorfes mehr Licht. Es war eine der kältesten Winternächte, und das war gut. Niemand begegnete mir auf der Straße, die über den Nebelstein führt. Als Kind lag ich manchmal in einer von riesigen Wackelsteinen umschlossenen Moosmulde. Sie liegt mitten im Wald, weitab von jedem Weg. Aber die Erinnerung führte mich sicher zu jener Stelle. Bei jedem Schritt versank ich tiefer im Schnee. Es muß Mitternacht gewesen sein, als ich ankam. Inzwischen war ich so müde, daß es mir leichtfiel, mich zum, wie ich meinte, letzten Mal niederzulegen. Ich schaute in die Sterne und dachte an nichts mehr. Erfrieren, das wußte ich aus Wirtshausgesprächen, tut nicht einmal weh.

Ob ich dann eingeschlafen bin, weiß ich nicht. Ich fühlte einen warmen Atem auf meinem Gesicht und schaute, statt der Sterne, in ein Augenpaar. Ich glaube, daß die Augen grau waren, und über der linken Braue stand ein schwarzes Muttermal. Als nächstes merkte ich, daß meine Hände von anderen Händen umschlossen waren. Ich fror nicht. Ein weiter grüner Mantel, Loden vielleicht, deckte mich zu. Er fiel von den Schultern der Frau, die sich über mich beugte. Ich kannte sie nicht. Da ich nichts zu sagen wußte, schloß ich die Augen.

Merkwürdig war nur, daß ich ihre Stimme nicht hörte, obwohl sie zu mir sprach. Ich meine, ich hörte sie nicht mit den Ohren. Es war so, als käme sie aus mir selbst. Und zugleich wußte ich, daß nicht ich es war, der diese Worte dachte. Nicht nur, weil ihr Sinn mir fremd war, sondern es war, als wäre ich in meinem Kopf nicht mehr allein. Ich weiß, wie unglaubwürdig das klingt, aber es war so, und als es so war, wunderte es mich nicht.

»Du möchtest also sterben«, sagte die Stimme. Und obwohl dies keine Frage war, antwortete ich. Nicht mit Worten. Sondern mein ganzes Elend, das bisher vage und formlos gewesen war, schien sich zu verdichten. Ich erkannte, klar wie nie zuvor, daß mein ganzes Leben zufällig war. Es bedeutete nichts.

Ich weiß, daß ich meine Augen nicht aufgemacht habe. Denn ich schämte mich vor der Frau. Trotzdem sah ich. Ich sah die Granitblöcke rings um mich, und sie waren lebendig. Ich weiß nicht, in welcher Zeit sie sich bewegten, denn in unserer Zeit sind sie starr und tot. Und während ich sie anschaute, und der Stein war nicht mehr fest, sondern verlor seine Form wie eine Wolke und wuchs und schrumpfte nach allen Seiten, erschrak ich. Irgend etwas mußte mit mir passiert sein. Oder vielleicht mit der Welt. Kein Ding stand mehr an seinem Platz. Der ganze Wald geriet in Bewegung. Ich sah das Wachsen der Bäume, aber kein Baum wuchs für sich allein. Sondern so, als hinge alles mit jedem zusammen. Der Wald, die Steine – alles war von einer gemeinsamen Bewegung erfaßt. Nur, daß die Steine sich viel langsamer bewegten als der Wald, und der Wald bewegte sich viel langsamer als ich. Als gäbe es nicht bloß die eine Menschenzeit, die wir kennen, sondern drei Zeiten zugleich. Oder auch mehr. Sagte ich schon, daß auch ich mich bewegte?

Ich lag nicht mehr im Schnee. Wann ich aufgestanden bin, weiß ich nicht mehr. Ich habe es gar nicht bemerkt. Die fremde Frau war jetzt neben mir. »Niemand kann sterben«, sagte sie in mir. »Aber es gibt viele Arten von Leben.« Ich dachte an die Steine, die sich bewegten. Waren sie auch lebendig? »Du fängst an, zu verstehen.« Lächelte die Frau? Ich wollte ihr Gesicht im Mondlicht näher betrachten. Da hob, obwohl die Luft sich nicht regte, ein Sturm mich empor. Zugleich pfiff und brauste und donnerte es wie schwere Gewitter. Aber der Himmel war klar, die Sterne glitzerten. Die Sterne, etwas war mit den Sternen. Stürzten sie auf mich herab? Nein, ich flog mitten in sie hinein!

Angst hatte ich keine. Es war, im Gegenteil, ein wundervolles Gefühl. Aber wie war es möglich, ohne Flügel zu fliegen? »Du bewegst dich«, sagte die Stimme, »in dir selbst«. Dabei hätte ich schwören können, ich sei außer mir. Ich war so leicht und so frei, als hätte ich meinen Körper verlassen. »Deine innere Welt und die äußere«, sagte die Stimme, »sind dieselben«. Und, nach einer Pause, mit Nachdruck: »Immer.« Meinte sie, es gäbe keine äußere Welt? »So viele, wie es innere Welten gibt«, sagte die Stimme. »Du machst den Unterschied. Es gibt keinen.«

»Das bürdet uns«, dachte ich, »eine große Verantwortung auf.« Diesmal schwieg die Stimme. Ich hatte selbst die Antwort gegeben. Plötzlich spürte ich, wie ich stehenblieb. Falls man von Stehen sprechen kann, ohne Boden unter den Füßen. Heute schien alles möglich zu sein. »Nicht nur heute.« Ich schaute die Frau an. Sie entfernte sich von mir. War es ein Steigen oder ein Fall? Erst jetzt wurde mir klar, daß weder oben noch unten, nicht links und nicht rechts für mich existierte. Ich wußte nicht, wo ich mich befand. Vielleicht wirklich in mir selbst?

Ohne sich zu bewegen, bewegte die Frau sich von mir fort. Aber sie wurde nicht kleiner dabei. Entfernungen spielten hier wohl eine andere Rolle. Nun sah ich sie mit dem Rücken und Gesicht gleichzeitig zu mir, anders kann ich es nicht beschreiben, vor einem leuchtenden blauen Grund. Ihr Haar war grau wie ihre Augen. War sie alt? Plötzlich merkte ich, daß auch Alter und Jugend ihre Gültigkeit verloren hatten. Oder war ich es, dem die Fähigkeit, zu unterscheiden, abhanden gekommen war?

Ohne zu wissen wie, folgte ich ihr. Ich hätte erschrekken müssen, als sie sich, wie ein Tupfer grauer Farbe im Wasser, vor meinen Augen auflöste. Aber ich erschrak nicht. Irgendwie schien es ganz natürlich zu sein. Auch, daß ich mich noch immer diesem leuchtenden blauen Wesen näherte, das mir fremd und vertraut zugleich war. Ich wußte nicht, ob es größer oder kleiner als ich war und ob ich es berühren könnte, wenn ich die Hand

ausstreckte, oder ob der ganze Himmel mit seinen Sternen zwischen uns war. Ich wußte nur, daß ich zum ersten Mal liebte.

Gewiß, ich hatte mit Mädchen getanzt und sie auch geküßt. Aber mein Herz blieb davon unberührt. Diesmal war es, obwohl das strahlende Geschöpf keinerlei Ähnlichkeit mit einem Mädchen hatte, anders. Eine Freundlichkeit ging von ihm aus, eine so zärtliche Wärme, daß ich das Gefühl hatte, am Ende einer langen Reise nach Hause gekommen zu sein. Und dieses Wesen war schön. In allen Farben des Regenbogens erglänzend, gab es sich mir, indem es ganz durchsichtig für meine Augen wurde, hin. Wie gern hätte ich seine grünen und goldenen Haare berührt! Meinen Mund im Feuer seines Leibes vergraben, seine braune Haut auf meiner weißen gespürt, wäre eingetaucht in die süßen und salzigen Tiefen seines lebendigen Wassers. Sie war die Erfüllung, und sie war das Verbot: die bräutliche Mutter.

Noch nicht! War es ihre Stimme in mir? Sie erklang wie ein Lächeln. Noch nicht... Dies war auch ein Versprechen. Wann also? Die Szenerie wechselte so plötzlich, daß ich glaubte, zu träumen. Ich ging allein auf der Straße, die vom Nebelstein herunter in unser Dorf führt. Noch war die Sonne nicht aufgegangen. Ich fror. Die Dämmerung war wie Blei. Aus der Ferne hörte ich das Dröhnen der Fernlaster, die unsere Waldbäume zu den Industriezentren fahren. Was, dachte ich zum ersten Mal, mochte dort aus ihnen werden? Und wieder geriet, wie vorhin, die Welt in Bewegung. Ich sah die Verwandlung des Waldes. Wie ein grünes Feuerwerk explodierte er und wurde, zerstückelt, zum Ding. Wurde zu Millionen von Dingen, und nur an wenigen fand ich

Gefallen. Häuser, o ja. Tisch, Bett und Schrank. Boten aus Papier, alle die Briefe, die Bücher, die wie zarte Fäden hin- und herlaufen zwischen den Menschen und ein Gespinst aus ihnen weben, so vollkommen, daß Lebendiges und Totes nicht mehr voneinander getrennt sind und die ganze Erde Platz hat in einem Schuh. Aber warum so viel Häßliches auch? Soviel Überflüssiges, dessen einziger Nutzen der Kreislauf der Arbeit ist, der Kreislauf des Geldes. Von beiden verstehe ich nichts oder doch nur so viel, daß etwas falsch sein muß an der Art, in der wir uns selbst und der Erde begegnen.

Zum ersten Mal wünschte ich mir – nein, nicht Macht. Aber eine Stimme in den Herzen der Menschen, eine geduldige Stimme ohne Zorn, die sie lehren könnte, die Bäume zu lieben, mit Zärtlichkeit und mit Respekt.

Nicht nur die Bäume. Die Luft und die Steine, alle Schätze über und unter der Erde, Feuer, Wasser und Tier. Daß sich alles verwandelt, durch uns auch verwandelt, ist gut. Daß alles stirbt, in unseren Händen stirbt, ist keine Sünde wider den Geist. Denn der Geist des Lebens verwandelt durch Tod. Aber wir müßten wie Bauern verwandeln: Samen in Frucht. Frucht in Samen. Und wie Gärtner, wie Liebende sollten wir Züchter sein. Züchter des eigenen Herzens, daß es ein klarer Spiegel der Erde wird und ein freundliches Nest. Sie ist ja in uns zu Hause wie wir in ihr, einer des anderen Leib, einer des anderen Seele, einer des anderen Geist. So sollte, so könnte es wenigstens sein. Aber wie weit sind wir noch entfernt von unserer Natur! Im lebendigen Buch der Erde können wir sie, wenn wir zu lesen verstehen, wieder erlernen. Wir: kleine Erden der großen Erde, lauter kleine Erden.

Ich bin du! Da war sie wieder. Ihre Stimme in mir? Oder umgekehrt, ich wußte nicht mehr, wer Mund war und wer Ohr. Wir hatten, die Erde und ich, miteinander eine Grenze überschritten. Wir waren EINS. Und ich wußte, daß alles Leid, alle Liebe, die ich der Erde zufügte, mir selbst zugefügt war. LIEBE DIE ERDE WIE DICH SELBST! Hat ER es gesagt, haben wir es vergessen?

Merkwürdig. Nun, während ich aus dem Wald trat und durch unser erwachendes Dorf ging, erwachte ich selbst. Erkannte, daß immer sie, meine Erde, es war, die ich in Männern und Mädchen, in allen ihren sie selbst darstellenden Geschöpfen, geliebt hatte. Und gehaßt. Oder, viel schlimmer, gleichgültig geblieben war gegenüber dem sternernen Eros. Aber meinen Beruf, das wußte ich – und wie heftig! –, konnte ich keinen Tag länger ausüben. Selbst verwandelt, mußte ich mein Leben drastisch verändern. Der Entschluß, Bauer zu werden, war spontan. Ich würde der Erde dienen, und sie würde mich nähren. Und ich würde ihr, das schwur ich mir selbst, niemals Gewalt antun! Sie nicht zwingen, sie nicht überlisten und so viel oder so wenig ihr Herr sein wie sie meine Dame.

Aber während ich dies alles noch dachte, löste es sich schon auf. Die Worte, die Bilder, alles löste sich auf in Licht. Es war ein Licht, wie ich es noch nie zuvor geschaut hatte. Ein glückseliges Licht, aus dem die Erde, aus dem die lebendigen Dinge und auch ich selbst treten konnten wie Träume, ohne doch getrennt von ihm zu sein. Ich sah meinen Traum, und ich sah, wie ich ihn träumte. Ich ging vorüber an meinem Haus. Ging, ohne mich umzudrehen, vorüber. Hörte den scharfen Ton der Kreissäge, und er schnitt mir ins Herz. Ich ging vorüber, ohne mich umzudrehen. Die vertraute Dissonanz der Maschinen. Drehte mich nicht um.

Ich ging in eine andere Wirklichkeit ein. Die Wirklichkeit der – – – Die Wirklichkeit.

Hier ist die Geschichte zu Ende. Wenigstens die Geschichte, die mir, der Frau vom Nebelstein, ein Fremder erzählt hat. Natürlich ist er kein Fremder geblieben. Als er verstummte, wagte ich zuerst gar nicht, ihn zu stören. Ich glaubte ihn tief in Gedanken versunken. Dann hörte ich das Ticken der alten Wanduhr. Es wurde lauter und immer lauter. Im Flackern des Feuers sah ich seine Hände. Sie waren regungslos. Blieben es. Sein Gesicht sah ich erst später. Da war schon der Arzt da. Er sagte, mein Gast wäre seit zwölf Stunden tot.

Wäre mein Mann nicht gewesen, der im Nebenzimmer gearbeitet und das Kommen des Fremden gehört hatte! Im Zeugenstand mußte er aussagen. Unter Eid. Das Gericht erhob trotzdem Anklage. Im Schnee waren zwar die Fußspuren des Toten von seinem Haus bis zu jener Stelle des Nebelsteins, die wie ein heidnischer Altar ist, gefunden worden. Aber es führte keine Spur mehr zurück. Hatte ich ihn also, zusammen mit meinem Helfershelfer, getragen? Aber weder meine Spuren noch die des Helfers konnten sie finden, sosehr sie auch suchten. Zuletzt erklärten sie den Fall für ungeklärt, es blieb ihnen gar nichts anderes übrig. Daran, daß der Tote erfroren war, gab es keinen Zweifel.

Ich habe seine Geschichte nicht preisgegeben. Nicht dem Gericht! Und auch nicht seinem Dorf. Ich glaube, er wollte es nicht. Ich schrieb sie so auf, wie er sie mir erzählt hat. Kein Wort daran wurde verändert. Auch seine Anonymität habe ich, obwohl er bestimmt kein normales Leben mehr unter uns führen wird, bis heute gewahrt.

Seither sind Jahre vergangen. Wahre Geschichten geraten schnell in Vergessenheit. Und es ist auch nicht wahrscheinlich, daß einer seiner Nachbarn, einer aus dem Dorf, dieses Buch je in die Hand bekommt. Aber seine Geschichte sollte nicht verloren sein, darum kam er wohl und hat sie erzählt. Merkwürdig ist nur die Sache mit den Katzen gewesen.

Nein, auch davon schwieg ich vor Gericht. Fünf Katzen. Schwarz und weiß und gescheckt. Landkatzen. Nicht sonderlich scheu. Dem Briefträger streichen sie um die Beine. Sogar wildfremde Leute schnurren sie manchmal an. Aber als der Mann in die Kaminstube trat, wichen sie, als wäre er der Teufel persönlich, vor ihm zurück. Machten ihre Buckel und pfauchten und verkrochen sich unterm Schrank. Zuerst dachte ich, an seinen Kleidern röchen sie vielleicht einen Hund. Aber dann, als sie an der Tür kratzten und dabei zitterten wie Espenlaub, ließ ich sie hinaus. Sie stoben nur so davon. Und drei Tage, volle drei Tage lang kamen sie nicht zurück.

Gestern abend, beim Schlafengehen, dachte ich wieder daran. Auch dieses Jahr haben wir viel Schnee. Er liegt so hoch, daß die Welt rundherum stumm wird. Das Feuer glomm noch im Kamin. Ich stand vor dem Spiegel und kämmte mein weißes Haar. Ohne es zu sehen, sah ich mein Gesicht. Schon lang habe ich jedes Interesse an ihm verloren. Und auf einmal erschrak ich. Ich starrte auf den schwarzen Fleck über der rechten Braue. Ein Muttermal, gut. Ich erinnerte mich nicht einmal mehr, seit wann ich es habe. Vielleicht schon als Kind. Oder vielleicht nicht. Das hab ich, wie so vieles, vergessen. Warum aber klopfte mein Herz auf einmal wie verrückt, warum hörte ich das Blut in meinen Ohren brausen wie Meere?

Gleich darauf stand ich in der Kammer meines Mannes. Er schlief schon. Ich hörte seinen schweren, langsamen Atem. Gleich würde ich Licht machen. Ich würde ihn an der Schulter rütteln. Wenigstens du, würde ich sagen, mußt dich doch erinnern? Seit wann habe ich dieses Mal?

Ich habe ihn nicht geweckt. Lange Zeit stand ich im Finstern an seinem Bett, dann ging ich wieder. Was spielte es schon für eine Rolle? Graue Augen, ein grüner Lodenmantel. Aber so schauen fast alle hier aus. Und ich wußte ja, daß ich nicht bei ihm gewesen war, inmitten der Steine auf dem Berg, bei dem Toten. Und all diese Dinge zu ihm gesagt hatte, oder in ihm, die ich nicht einmal beim Zuhören verstand. Was hatte er überhaupt mit mir zu tun, nichts.

Und in diesem Augenblick wußte ich, daß er alles mit mir zu tun hat, und ich mit ihm. Daß wir nun auf eine Weise zusammengehören, die keine Trennung mehr möglich macht. Wer weiß, braucht nicht zu verstehen. Ob es mir gelingen würde, sein Leben zu leben? Denn das Leben ist ja, nicht das Wort, die einzige Botschaft.

Sankt Kringel

»Es hat keinen Zweck mehr, es ist fürchterlich mühselig. Im Winter bei Schnee, ist es tödlich«, schrieb Gottfried von Einem in seiner Autobiographie. »Wenn es schneit, ist alles bis zu zwei Metern zugeweht.«

Unser letzter Tag in Sankt Kringel, wie er Rindlberg liebevoll nannte. Sein Kosenamen für das kleine Dorf, das ihm zur Heimat wurde. Wir saßen beide auf seinem Bett und weinten. » Lieber zünd' ich es an, als daß ich es hergeb«, sagte der Bär.

Er hat es nicht angezündet. Nur in seinem Herzen brannte es lichterloh. Ist Zeit nicht unglaublich? Ein Rätsel, das noch keiner gelöst hat. Gottfried von Einem war alt geworden. Und bald darauf krank. Sehr krank.

Allein mit sechs Katzen, begann ich mit Toten zu reden. Warum auch nicht? Die Geister der Lebenden sind noch von Adams Fleisch verhüllt, die der Toten nicht mehr. Der Unterschied ist nur gering. Als Geist mit Geistern zu sprechen, ist leicht, und so klagte ich ihnen mein Leid:

»Wir lieben dieses Haus, und ich möchte es nicht verlieren. Aber Gottfried schafft das Leben dort nicht mehr. Kann man ein Haus auf die magische Ebene geleiten wie einen Menschen oder ein Tier? Es magisch und unverlierbar machen?« Doch nicht die Toten antworteten, sondern das lebendige Haus selbst: »Wundere dich nicht! Dies ist ein lebendiges Universum, warum also sollte ausgerechnet ich tot sein?«

»Wirklich?«, fragte ich. »Du redest wirklich mit mir?« »Wirklich und unwirklich zugleich«, sagte mein liebes Haus, »da wir einander außerhalb der gewohnten Realitäten – ja, auch sie erscheinen im Plural! – begegnen.« »Ist deine Heimat«, fragte ich, »die gewohnte oder die ungewöhnliche Realität?« »Beide«, sagte mein liebes Haus, »und darin gleichen wir einander. Ich habe dich auf deinen nächtlichen Reisen begleitet.« »Hast du auch deinen Körper verlassen?«, fragte ich. »Jetzt bist du sehr nahe daran, ein Geheimnis zu erraten«, sagte mein liebes Haus. Ob es auch eine Erscheinung wäre, fragte ich? »Und auf der magischen Ebene begegnest du dem Erscheinenden«, antwortete es. »Du mußt niemanden verwandeln. Du mußt nur durch die Erscheinungen gehen wie durch Spiegel.«

Ich rief Jörg Mauthe an, meinen jenseitigen Wolf. »Ich rede mit einem Haus! », sagte ich fassungslos. »Na und?« Mauthe fand das nicht weiter ungewöhnlich. »Das ist doch normal. Leider reden die wenigsten Leute mit ihren Häusern, darum bleiben beide, Leute und Häuser, einander fremd. »

Der Winter kam. Gottfried nannte mich Ratte, seine Rattilie. Aber mit den Geistern sprach ich als Eule und die Gespräche erschienen als Buch.*

Hofburg, 21. Dezember 1995

Eule: Mein liebes Haus! Morgen komme ich noch einmal, und dann vielleicht nie mehr. Wir verkaufen dich. Ich hätte dich lieber verschenkt. Bei dem Gedanken, dich nun zu verlassen, bin ich entsetzt, es ist so unfaßbar. Und ich heule. Mein liebes Haus, bist du auch in mir? Ein lebendiger Geist, der zu mir spricht? Sprich zu mir, bitte!

Mein liebes Haus: Ich bin auch traurig. Aber jenseits

* »Das Leben beginnt mit dem Tod.«

deines und meines Körpers bleiben wir ungetrennt. Mach die Augen zu, und du bist mitten in mir. Es ist aber gut, daß wieder Menschen bei mir einziehen, und sogar ein kleiner Hund. Leere Häuser verfallen, sie sterben. Den wahren Grund dafür kennt kaum einer. Häuser ernähren sich von organischen Energien. Es gibt gute und schlechte. Schlechte Energien machen ein Haus krank. Du, Gottfried und euere Katzen taten mir wohl. Denkt an mich, tut es oft, und geht im Geist durch meine Zimmer. Es ist dann nicht so, als wäret ihr wirklich da. SONDERN IHR SEID WIRKLICH DA! Der Unterschied zwischen Vorstellung und Wirklichkeit besteht darin, daß Wirklichkeit schwächer als ihre Vorstellung ist. Außerdem hast du oft genug in deinem unleiblichen Leib in mir gespukt. Du kannst es also auch weiterhin tun. Willst du?

Eule: Ich will! Und ich liebe dich sehr. Was wird aus den anderen Geistern, die in dir umgingen und die Gottfried und ich trafen? Werden sie bleiben?

Mein liebes Haus: Sie sind alle noch da, und sie bleiben. Wie auch euere Gespenster, Gottfried und deins, und die Gespenster der Tiere, der dies – wie der jenseitigen, nicht ausziehen aus mir, auch wenn ihre Träger das tun.

Eule: Träger? Sind wir Leiblichen alle die Träger unseres Gespensts?

Mein liebes Haus: Die Träger, ja. Doch können Gespenster oder Gespinster, das ist das vielleicht bessere Wort, sich beliebig von ihren Trägern entfernen. Euere Gespinster nisten in mir, und so habt ihr mich so wenig verloren wie ich euch. Und nicht nur ihr! Auch ich spuke, bin Gespinst und Gespenst und wehe durch euch hindurch, obwohl ich so fest erscheine. WIR SIND UND BLEIBEN ANWESEND INEINANDER, eine höhere Einheit, die ihr noch nicht wahrnehmt, und auch ich nicht im gewöhnlichen Zustand.

Eule: Und du, alter Kirschbaum? Gilt dies auch für uns beide?

Alter Kirschbaum: Du weißt, daß es gilt. Du wirst mich fortan inwendig berühren, und ich werde es inwendig spüren.

Eule: Und die toten Katzen im Grab unter Birke und Rose?

Alter Kirschbaum: Du kannst es noch nicht verstehen. Aber das Tote lebt nicht nur im Geist fort.

Eule: Du meinst, im Katzengrab – und es sind auch Vögel drin und ein Eichhörnchen und Elfriede Pipsian, die Taube – ist es lebendig?

Alter Kirschbaum: Besuch mich manchmal des Nachts, und ich will versuchen, dir etwas von diesem dir noch fremden Leben zu zeigen. Die Wunder ereignen sich jenseits deines Verstands.

Eule: Spricht noch jemand?

Wolf: Bewahre das Haus in deinem Herzen, Eule. Es ist dein Eingang in alle anderen Wirklichkeiten, alle anderen Vorstellungen.

Eule: Soll ich – vielleicht kann ich es noch – das Haus zurück erbitten?

Wolf: Nein, Eule. Du trittst jetzt in eine neue Beziehung zu deinem lieben Haus ein. Eine Beziehung ganz anderer Art, aber darum nicht weniger intim. Du wirst Abenteuer in diesem Haus bestehen, von denen du bisher nicht einmal träumtest. ALLES IST MÖGLICH. Wirklichkeit und Möglichkeit verhalten sich, wie du weißt, reziprok zueinander. Dein liebes Haus wird zur Brücke über die Ströme und Strömungen des Seins. Man wohnt nicht auf einer Brücke. Aber man geht über sie, und während man über sie geht, verwandelt man sich. DEIN LIEBES HAUS WIRD DICH FORTAN VERWANDELN.

Eule: Und ich? Was kann ich ihm, in Liebe und Dankbarkeit, tun?

Wolf: Verwandle das Haus, wie es dich verwandelt.

Eule: Sprichst du vom zweiten Tod?

Wolf: Von nichts anderem. Nicht der erste, der ins Zwischenreich verbannt. Erst der zweite Tod ist die Auferstehung! Und der Auferstandene ist nicht derselbe, der starb. Auch Häuser sterben und verwesen im Zwischenreich, wenn keiner sie zum zweiten Tod erlöst. Erlöse dein liebes Haus!

Rosenrauch

Sie werden ihn nicht kennen. Oder doch? Er steht auf der Wiese vor dem Haus, das viele Jahre lang unser Haus war. Ein böhmischer Granit. Der Stein, der aus dem Feuer kommt. Und gleich neben ihm die Quelle, zum Brunnen gefaßt. Ein tiefer Brunnen, ein hoher Stein. Wie haben wir ihn geliebt.

»Bau mir ein Häuschen auf dem Stein«, sagte mein Mann Gottfried von Einem. »Nur ein kleines Zimmer. Ich werde mein Klavier hineinstellen und componieren.« »Aber!«, sagte ich. So viele Aber. Heute hasse ich mich dafür. Natürlich war der Stein rund. Das Klavier wäre ins Gras gepurzelt. Vielleicht. Vielleicht auch nicht. Wenn nämlich das Klavier einen Schutzengel hat...

Ach was! Ich war leider nicht verrückt genug, damals. Und weiß nicht, ob ich es heute schon bin. Vernünftig zu sein, ist ein großes Handikap. Außer, man hält das Leben für eine Rechenaufgabe.

Ob Steine in den Himmel kommen? Womöglich schon, bevor sie sterben, falls Steine so etwas überhaupt tun. Es wäre schön, wenn mitten unter den Sternen ein Stein kreist, mit einem Zimmer, in dem ein Klavier steht, an dem ein lebendiger toter Componist sitzt.

»Sie wünschen?« Ja, genau das! Schade, daß der Herr im schwarzen Frack nicht der liebe Gott ist, sondern Kellner im Cafe Griensteidl. In alten Zeiten haben Götter sich manchmal verkleidet. Ein Jammer, daß sie alle ausgestorben sind. Allerdings, wenn sogar Menschen wieder auferstehen, und noch dazu verklärt... »Einen verlängerten Schwarzen«, sage ich. Denn ich soll hier den Verleger treffen, der eine Geschichte von mir will, und da brauche ich einen klaren Kopf.

Er hat sich verspätet. Ich unterhalte mich damit, die Leute anzuschauen, die an den Tischen sitzen, in schwarzen Nischen, auf rotem Samt. Geschäftige, Müßiggänger, Paare. Und Einsame, die ihre traurigen Gesichter hinter riesigen Zeitungen verstecken. Der Herr am zweiten Tisch links ist nicht einsam, obwohl er allein ist. Er braucht keine Zeitung, und er schaut auch nicht ungeduldig auf die Uhr wie alle, die auf jemanden warten. Raucht er? Nein, seine Hände liegen ruhig auf dem Marmor. Lange weiße Hände, sie sind kalt.

Warum hab ich das gedacht? Ich weiß doch nicht, ob sie kalt oder warm sind, und es geht mich nichts an. Wieso trinkt er nichts? In einem Kaffeehaus muß jeder Gast etwas trinken. Kaffee, Tee oder Wein. Der Tisch, an dem er sitzt, ist leer und jetzt erinnere ich mich, daß er das die ganze Zeit war. In den Augenwinkeln hab ich ihn, seit ich hier sitze, gesehen. Merkwürdig, nur in den Augenwinkeln. Und der Kellner nicht einmal das! Kein einziges Mal hat er ihn gefragt, was er will. Im Griensteidl dürfte so etwas nicht vorkommen! Ich jedenfalls, an seiner Stelle, ließe mir das nicht gefallen.

Vielleicht Ausländer? Wenn er nicht Deutsch spricht, kann er sich weder beschweren, noch etwas bestellen. Ich selbst habe nichts gegen Ausländer. Menschen sind entweder nett oder nicht, und woher sie kommen, hat damit nicht das geringste zu tun. Ich werde den Kellner auf ihn aufmerksam machen... »Hallo! Warum bedienen Sie den Herrn nicht?« Und ich deute mit den Augen auf ihn. »Welchen Herrn?« und schon ist er wieder weg, der Kellner, samt seinem Tablett.

Dafür kommt jetzt der Herr vom zweiten Tisch links auf mich zu. Der Herr mit den kalten Händen. Steht auf und kommt auf mich zu. Wie peinlich, bestimmt hab ich mich auffällig benommen, mit dem Kellner und so, und seine Aufmerksamkeit erregt. Er wird mich für zudringlich halten, eine alte Frau, die sich an einen jungen Mann heranmachen will. Am besten, ich zahle und gehe. Soll der Verleger sich seine Geschichte doch selbst schreiben!

Aber er ist gar nicht jung. Seine Haare sind grau, wieso hab ich das nicht bemerkt? Seine Augen auch, und sie lächeln. Komisch, Augen lächeln ganz anders als jeder Mund. Als würden sie einen berühren. Sanft und mit großer Freundlichkeit berühren wie... Ja, ich weiß auch nicht. Aber ich sitze in seinem Lächeln wie in der Sonne. Einer milden Oktobersonne, und ich fühle mich wohl. »Bitte!«, sage ich und rutsche ein Stückchen weiter auf dem roten Samt, damit er Platz hat.

Es ist ganz selbstverständlich, daß er sich setzt. Mir und, wie es scheint, ihm auch. »Sind Sie zum ersten Mal hier?«, frage ich und komme mir sofort wieder idiotisch vor. »Mhm«, er hat einen schwarzen Baß. Ein bißchen rauh, aber er soll schließlich nicht singen. Er sagt nichts, und ich auch nicht. Wäre ich nur gegangen!

Um Himmels willen, er singt. Ich kann es nicht glauben. Im Griensteidl, vis a vis von der Hofburg. Die feinste Adresse, und er singt. Ich rücke so weit von ihm weg, daß ich fast von der Bank falle. Die Leute sollen nicht glauben, er gehört zu mir. Jeden Moment kann der Ober kommen und uns aus dem Lokal weisen. Ich schaue zu den anderen Tischen und schüttle nachdrücklich den Kopf. Die Achseln zucke ich auch, so, jetzt hab ich mich deutlich distanziert.

Niemand lächelt, niemand schaut mich an. Ihn übrigens auch nicht. Als wären wir Luft. Natürlich, man ist heutzutage allerhand gewohnt. Schlechtes Benehmen, Nasenringe, lila Haare. Und so weiter, wir leben in einer aus den Fugen geratenen Zeit. Soll er halt singen, wenn es niemanden stört. Und wenn er nachher nicht mit dem Hut herumgeht und bettelt.

Ach ja, er hat gar keinen Hut. Flanellhosen und einen grauen Pullover. Ein bißchen viel Grau in Grau. Aber wenigstens keinen Zopf. Und Kravattenzwang gibt es schon längst keinen mehr. Klingt eigentlich schön, was er singt. Melancholisch und wie von weit her. Was vielleicht daher kommt, daß ich kein Wort verstehe. Wenn das überhaupt eine Sprache ist, muß sie sehr fremd sein.

Interessant, es stört mich nicht mehr. Im Gegenteil, ich bin ganz entspannt. Direkt schläfrig. Soll ich noch einen Kaffee...? »Nein«, sagt er. »Kommen Sie, wir gehen fort.« Ich nicke benommen. Wieso macht er den Mund nicht auf, wenn er spricht? Beim Singen hab ich nicht hingeschaut, absichtlich nicht. Ich weiß also nicht, ob er...

Warum gehen wir schon durch die Tür? Ich hab noch gar nicht gezahlt. Und wie spät es geworden ist! Ich mag die Laternen am Michaelerplatz. Schwarze Laternen, sie kommen aus einer anderen Zeit. Ich auch.

»Aus keiner anderen. Du kommst aus allen Zeiten, das ist nicht dasselbe.« Hat er das wirklich gesagt? Und per Du sind wir ganz bestimmt nicht. »Aber ja, und schon lang.« Ich bleibe stehen, ich bin sehr irritiert. Im Schein der Laternen ist sein Gesicht grau wie November und voller Furchen, womöglich ist er älter als ich.

Ein Fiaker bleibt vor uns stehen. Auch schwarz und der Kutscher am Bock hat einen Bart wie der Kaiser

Franz Joseph, also ich hab ihm nicht gewinkt, ich kenne die Preise. Wieso ich trotzdem einsteige, ist mir selber ein Rätsel. Die Schimmel wiehern und ziehen an, das gefällt mir viel besser als das Aufheulen der Automotoren. »Wohin fahren wir denn?«

Er legt einen Finger auf meine Lippen, und der Finger ist gar nicht kalt. Von mir aus! Außer meinen Katzen wartet sowieso niemand auf mich, und ich hab genug Futter und Milch hingestellt. Sogar wenn wir schön langsam aus dieser Welt rollen, ich hab nichts dagegen.

Wir fahren direkt in den Nebel, wieso? Wien ist doch nicht London. Oder doch? Oder doch, was ist mit mir los? In meinem Kopf purzeln auf einmal die Städte durcheinander, und die Landschaften auch. Dichter Wald auf dem Heldenplatz, hat man so etwas schon erlebt? Und die Ringstraße geht nicht unter im Meer, sondern beide sind einfach da, zur gleichen Zeit, im selben Raum, und schließen einander nicht aus.

Das ist aber eine ganz neue Geographie! »Nein«, sagt der graue Herr neben mir. »Die älteste. Erst viel später haben die Menschen den Raum zerbrochen, und die Zeit.« »Also hör einmal!« Jetzt hab ich ihn auch geduzt. Darauf kommt es auch schon nicht mehr an, viel verrückter kann die Situation nicht mehr werden. »Wenn ich einen Fluß sehe, ist es kein Wolkenkratzer, bestimmt nicht, und Indien liegt nicht in Ottakring« »Indien liegt überhaupt nirgends«, sagt er. »Indien fließt, und zwar überall.« Glatter Blödsinn! »Wenn ich meinen Augen nicht mehr trauen kann…«, sage ich, und er: »Deinen Augen konntest du nie trauen. Sie sind Spaßmacher, Schwindler, und manchmal Quälgeister. Sie gaukeln dir eine Welt vor, die es nicht gibt. Du lachst und weinst über diese Welt, aber sie ist nur eine Fata Morgana in deinem Kopf.«

Ich lache also und weine über meinen eigenen Kopf. Nein, das geht entschieden zu weit. »Ich möchte aussteigen«, sage ich, »und zwar sofort. Kutscher!« Er hört mich nicht. Klar, wenn meine Stimme gerade in den Niagarafällen herumflüstert oder einer Haydn-Symphonie. Schluß! Wenn ich nicht gleich ins Griensteidl zurückgehe oder meinetwegen ins Kino, ich liebe Kino, verliere ich den Verstand. »Höchste Zeit!«, sagt mein Kavalier.

Ich muß eingeschlafen sein. Ich schlafe oft ein wenn ich mich fürchte. Das ist, als liefe man in sich selbst hinein und davon. Als ich die Augen wieder aufmache, ist alles golden und grün. Der Nebel hat sich verzogen, und der Kutscher offenbar auch. Nicht einmal der Fiaker ist da, und kein Pferd weit und breit, und neben mir sitzt zum Glück niemand. Ich sitze übrigens auch nicht, sondern gehe auf einer Wiese herum. Ein sonniger Morgen, und die Gegend kommt mir bekannt vor. Da war ich doch schon...?

Aber er ist gar nicht so hoch! Der Stein, mein Stein vor dem Haus, neben der Quelle, unter den Bäumen. Ich hab sie selbst gesetzt, das ist lang her. Föhren, Lerchen, wilde Rosen. Wie groß sie geworden sind. Und die Birken, und mein alter Kirschbaum... Und warum eigentlich nicht? Warum soll ich nicht weinen, weil dies alles vorüber ist und vorbei. Es sieht mich ja niemand. Außerdem bin ich sowieso gar nicht da. Ich werde im Griensteidl eingeschlafen sein, das passiert mir jetzt öfter. Alt zu werden, ist ziemlich absurd.

»Jung zu sein, auch.« Also ich weiß nicht, obwohl natürlich alles... Aber was war das? Rede ich mit mir selbst? »Du redest«, sagt die Stimme, die so tief wie der Brunnen, der einmal mein Brunnen war, ist, »noch immer mit mir.«

Meine Kaffeehausbekanntschaft! Und da war doch ein Fiaker, und Nebel, und auf dem Heldenplatz Wald. Jetzt steht er wieder, wohin er gehört. Rund um den Stein, rund um den Brunnen, rund um das liebe Haus. Nicht grün. An der Grenze, auf dem böhmischen Granit, wächst der Wald schwarz. Und wie er rauscht...

Aber da ist noch etwas in diesem Rauschen. Etwas, das ich noch nie gehört habe, obwohl es mich an etwas erinnert. Ach ja, im Griensteidl. Dieses ganz und gar unpassende Singen. Nur, daß jetzt nicht einer singt, sondern irgendwie alle. Obwohl keiner da ist. Alle singen oder alles. Der Wald und die Wiese, das Haus, der Brunnen, der Stein. Und damit nicht genug, sie leuchten auch noch! Als hätte die ganze Welt einen Heiligenschein. Nun ja, vielleicht nicht die ganze. Ich kann mir schwer vorstellen, daß die Häuser in New York singen und eiligen Passanten ihre Gloriolen ins Gesicht schleudern.

Wenn ich wieder aufwache, egal wo, gehe ich zum Psychiater. Was mir heute passiert, ist womöglich nur der harmlose Anfang von etwas Entsetzlichem. Wenn die Welt morgen nicht mehr so ist, wie sie gestern war, stimmt etwas nicht. Mit mir oder der Welt. Da ich die Welt nicht zum Psychiater schicken kann, obwohl ich oft große Lust dazu hätte, gehe ich selbst. Obwohl ich eigentlich nicht an Psychiatrie glaube, es gibt vielleicht mehr als nur diese eine Sorte Bewußtsein. Wie es ja auch viele Sorten von Äpfeln gibt, und jede schmeckt ein bißchen anders. Aber die Apfelsorten sterben aus, und die Sorten von Bewußtsein auch. Jede Vielfalt ist schlecht fürs Geschäft, läßt sich kaum kontrollieren. Äpfel, Bewußtsein und so weiter, das muß alles zentralisiert werden. Wie seinerzeit Gott. Also mir wären die vielen Götter lieber, obwohl ich einsehe, daß man sie nicht so gut verwalten kann. Vielfalt schafft immer Unordnung, man darf sie einfach nicht zulassen. So! Und daß ich zum Psychiater gehe, kommt überhaupt nicht in Frage.

Moment, hat mich soeben jemand geküßt? Nicht gerade leidenschaftlich, das kann ich auch nicht mehr erwarten. Aber ein Kuß war es trotzdem, ich erinnere mich noch genau, wie sich so etwas anfühlt. »Ich hab dich geküßt«, sagt der Herr aus dem Kaffeehaus. Wie er das gemacht hat, ist mir ein Rätsel, denn er sitzt auf dem Dach des Hauses, das einmal mein Haus war, und lacht.

»Ist es wirklich lustig?«, frage ich, und er sagt: »Ja, sehr. Und obwohl du dich ständig verwandelst, hast du dich nicht verändert. Du bist noch immer...«

»Wie, was wieso?«, unterbreche ich ihn. »Wir kennen einerander seit einer Viertelstunde. In einer Viertelstunde verändert sich niemand. Außer...« Ich schlucke, mir wird auf einmal ganz mulmig. »Außer, er stirbt. Bin ich gestorben?« »Aber nein«, beruhigt er mich. »Du hast nur ein Loch in der Seele gekriegt, und durch dieses Loch komm ich zu dir.« »Ein was? Ich hab ein Was in der Seele?« »Ein Loch, aber sei ohne Sorge. So ein Loch schließt sich ganz von selbst wieder. Schade, du wirst mich dann nicht mehr erkennen.« »Aber ich erkenne Sie weder, noch kenne ich Sie überhaupt. Sie sind ein komischer Mensch!« »Ich bin«, sagt er, »überhaupt kein Mensch.«

Er springt vom Dach, ich darf gar nicht hinschauen. Wenn er auch noch so verrückt ist, ich will nicht, daß er sich den Hals bricht. »Warum nicht?«, fragt er, dabei hab ich das nur gedacht. »Ich weiß nicht, warum. Sie sind schließlich ein Fremder.« »So?« Mit ausgestreckten Armen geht er, wie ein Schlafwandler, auf den Stein zu und verschwindet in ihm. Verschwindet einfach in ihm, am hellichten Tag! Das gibt es doch nicht. Ich laufe um den Stein herum, zweimal, dreimal. Aber da ist niemand. Nur die Brunnenkresse wächst dumm aus der Quelle, und in der Ferne blaffen zwei Rehböcke einander an.

Ich glaub, ich gehe jetzt ganz schnell in die Küche und koche mir einen Kaffee. Ach so, ja. Die Tür ist versperrt. Das Haus gehört schon längst jemand anderem. Eine Sekunde lang hab ich das ganz vergessen. Wie kam ich überhaupt her, und warum?

»Weil du an mich gedacht hast«, sagt der Stein. Mir scheint, jetzt schnappe ich endgültig über. »Schnappst du nicht«, sagt er. »Und ich hab auch an dich gedacht. Ich hab dir ein Loch in die Seele gedacht, mach es nicht gleich wieder zu. Weißt du nicht mehr? Wenn du traurig warst, hast du manchmal deine Stirn an mich gelehnt. Und du bist oft auf mir gesessen und hast in die Sterne geschaut. Oder in die Wolken. Oder du hast die Augen zugemacht, weil du Elben und Kobolde sehen wolltest.« »Ich hab aber nie Kobolde und Elben gesehen«. »Weil«, sagt er, »deine Seele noch kein Loch gehabt hat.« »Ist es wahr?«, frage ich. »Stehe ich wirklich auf der Wiese und rede mit einem Stein?«

»Aber du hast«, sagt er, »früher auch schon mit mir gesprochen. Fast fünfundzwanzig Jahre lang.« »Schon. Aber da hab ich nicht erwartet, daß du auch etwas sagst. Ich wollte nur nett zu dir sein.« »Und das willst du jetzt nicht mehr?«

»Wenn es dir nichts ausmacht«, sage ich, »reden wir jetzt vernünftig. Du stehst in Rindlberg. Das ist zwar der schönste Ort auf der Welt, wenigstens für mich ist er das, und für den Gottfried war er das vielleicht auch. Sankt Kringel, nannte er ihn. Aber in Sankt Kringel sitzt du, schau dich nur an, fest! Wächst, nachdem du eine weite Reise durchs Magma gemacht hast, direkt aus der Erde. Schön, du hast keinen Kaffee getrunken. Wenigstens das! Aber wie kommst du ins Griensteidl? Und zwar nicht als Stein, sonst wären die Gäste schreiend aus dem Lokal gelaufen, und die Kellner dazu. Du hast aber ganz normal ausgeschaut, obwohl, was ist schon normal?«

»Siehst du?«, sagt er. »Normal ist alles und nichts. Ich aber schaue so aus, wie du mich siehst. Siehst du mich nicht, schaue ich gar nicht aus.« »Blödsinn!«, sage ich und fange wirklich an, mich zu ärgern. »Du schaust aus wie ein Stein, weil du ein Stein bist. Und im Griensteidl hab ich geträumt.«

»Nicht nur im Griensteidl«, sagt er. »Du träumst jetzt auch. Nicht nur du. Alles. Und der Traum hat einen Namen, er heißt Wirklichkeit.« Aber, denke ich, das sind alles nur Wörter. Traum, Wirklichkeit. Wir spielen mit Wörtern und nehmen das Spiel ernst. »Und wenn ich aufwache?«, frage ich. Der Stein seufzt. Irre, ein Stein kann doch nicht seufzen! »Warum nicht? Du steckt voller Vorurteile«, sagt er mißbilligend. »Du trägst eine Schultafel mit dem ganzen Unsinn, den du gelernt hast, vor dir her. Statt der Welt schaust du die Schultafel an, die dir den Blick auf beinahe alles verstellt.« Er seufzt noch einmal. »Ich weiß es nicht«, sagt er. »Was weißt du nicht?« »Was nach dem Traum kommt«, sagt er. »Ich bin selbst noch nicht aufgewacht. Ich halte mich«, und er kichert, »für einen Stein.«

Ich halte mich, denke ich, für die Lotte Ingrisch. Was womöglich nicht stimmt. »Für einen Stein bist du«, sage ich, »ganz schön alert.« »Du verstehst noch immer nicht.« Er klingt vorwurfsvoll. »Die Menschen, vor allem die Philosophen, haben ein Leib-Seele-Problem. Bist du ein Philosoph?«

Ja, ich weiß nicht. Bin ich einer? Klar, ich denke über die Welt nach. Verstanden allerdings hab ich sie bis jetzt nicht. Aber vielleicht kann der Stein sie mir ja erklären? Allmählich gewöhne ich mich an das Absurde der Situation. Im Grunde unterscheidet das Absurde vom Normalen sich nur durch die Häufigkeit seines Erscheinens. Das Absurde erscheint so selten, daß wir uns nicht daran gewöhnt haben. Wie der Tod, dieser traurige Gipfel der Absurdität. Ein Philosoph, schreibt Plato, ist jemand, der sich mit dem Tode beschäftigt. »Kann schon sein«, sage ich. »Vielleicht bin ich ein Philosoph. Obwohl ich das Problem, von dem du sprichst, nicht habe. Ich bin eine Seele und hab einen Leib. Oder viele Leiber, das weiß ich nicht so genau. Der Leib, der gerade auf der Wiese steht, ist 1.62 groß und wiegt 52 Kilogramm. Er ißt, trinkt, stirbt. Er wird von der Zeit und der Schwerkraft beherrscht. Die Seele nicht! Gravitation ist kein Thema für sie, und Zeit auch nicht. Sie stirbt weder, noch ißt sie und trinkt. Sie wiegt eigentlich nichts, und ihre Größe wechselt. Manchmal ist sie kleiner als der

Knopf einer Stecknadel, und manchmal größer als das Universum. Ich bin nicht sicher, daß sie auf der Wiese steht. Denn die Seele flaniert. Obwohl sie keine Flügel hat, bewegt sie sich so schnell wie das Licht. Oder noch schneller. Sie ist angeblich unsichtbar, aber es gibt immer wieder Gerüchte von Menschen, die behaupten, sie gesehen zu haben. Und natürlich von Tieren. Tiere sehen sie, glaube ich, wirklich.«

»Du auch«, sagt er. »Obwohl ich es dir ziemlich leicht gemacht habe. Eine Seele kann wie alles mögliche ausschauen, wenn sie will. Sie schaut normalerweise überhaupt nicht aus, aber dann wären wir nicht ins Gespräch gekommen. Und ich wollte schon lang mit dir reden.« »Wer bist du?«, frage ich einigermaßen konsterniert. »Bist du wirklich ein Stein?«

»Natürlich nicht«, sagt er. »Und natürlich schon. Du mußt dich daran gewöhnen, daß in dieser Welt – nicht in allen Welten, aber in dieser – alles sehr paradox ist. » »Daran«, sage ich, »hab ich mich schon gewöhnt. Du bist also dieser Stein, und bist es zugleich nicht?« »Erraten! «, sagt er und ist auf einmal ganz fröhlich. »Es tut gut, sich mit jemandem zu unterhalten, der einen versteht. Ich bin die Seele.«

»Das hab ich nicht gewußt. Daß Steine eine Seele haben, lernt man nicht in der Schule«. » In der Schule«, sagt er, lernt man überhaupt nichts. Jedenfalls nichts, was das Leben schöner macht. Der Stein, auf dem dein Mann so gern componiert hätte, ist mein Leib. Aber mein Leib ist kein Gefängnis, und deiner auch nicht. Tatsächlich befinden wir uns im Moment beide außerhalb.« »Außerhalb unserer Leiber? Aber dann sind wir ja tot! Das heißt, falls Steine sterben.«

»Niemand ist je tot«, sagt er. »Du nicht, ich nicht. Überhaupt niemand. Wir sterben zwar, sind aber nicht tot.« »Das mußt du mir«, sage ich, »schon erklären.« »Wozu?«, fragt er. »Du weißt es bereits. Du hast vorhin sogar eine kleine Rede über die Seele gehalten.« »Ich weiß es im Kopf«, sage ich. »Das genügt nicht. Mein Herz ist noch so dumm.« »Möchtest du«, fragt er, »auf eine Reise gehen? Mit mir. Auf eine Herz-Kur-Reise, von der du nicht als dieselbe zurückkehren wirst.« »Meinetwegen muß ich gar nicht zurückkehren«, sage ich. »Es wartet niemand auf mich. Naja, die Katzen...« »Und dein Leib«, sagt er. »Wir lassen ihn nämlich zurück.«

Das alles ist höchst unbehaglich. »Können wir ihn nicht mitnehmen?« »Nein«, sagt er. »Und wenn du nicht zurückkehrst, was durchaus möglich ist, verfault er wie eine abgefallene Frucht.« »Jetzt redest du«, sage ich, »als wäre die Seele ein Obstbaum.« »So etwas ähnliches«, sagt er und lacht. »Komm!« Ich schaue mich um. »Der Fiaker ist nicht mehr da«, sage ich. »Und es wird auch schon dunkel. Der Tag verging aber schnell!« »Es gibt keinen Fiaker, und es hat keinen Fiaker gegeben. Du sitzt noch immer im Griensteidl, und kein Tag ist vergangen, nicht einmal eine Stunde, nicht einmal eine Minute. Zugleich mit dem Leib tritt sie auch aus der Zeit, die Seele oder wie immer du den unsichtbaren Schmetterling nennst, der...« »Halt! «, unterbreche ich ihn. »Ein Schmetterling oder ein Baum? Beides zugleich kann die Seele nicht sein.« »Natürlich kann sie das«, sagt er, »weil sie in Wahrheit weder das eine, noch das andere, noch überhaupt etwas ist. Nur Licht.«

»Privates? Ich meine, persönliches Licht?« »Vorläufig«, sagt der Stein. In Wirklichkeit sagt er nichts, und ich auch nicht. Licht, und wenn es noch so privat ist, hat bestimmt keinen Kehlkopf und so weiter. Wie es scheint, ist er sowieso überflüssig, wie wir gerade beweisen. »Ich bin fertig und bereit«, sage ich, egal wie. »Da ich keinen Koffer packen und keine Wohnung zusperren muß.« »Richtig, dein Körper bleibt offen«, sagt er. »Das ist ein kleines Problem.« »Du denkst an Einbrecher?« »Ungebetene Gäste können schon vorkommen, und man bringt sie so leicht nicht wieder hinaus.« »Meinst du Gespenster?« »Naja«, sagt er nur.

Prima, im Griensteidl bestellt jetzt vielleicht Nero oder die Prinzessin Diana eine Flasche Veuve Cliquot, und ich kann die Rechnung bezahlen. »Gehen oder fliegen wir endlich«, sage ich, »bevor ich zur Vernunft komme. Etwas Unvernünftiges muß man gleich tun und schnell!«

»Wir reisen jetzt«, sagt er, »in die Welt hinter der Welt.« »Ist das weit?«, frage ich. »Nein«, sagt er. »Obwohl es dir so vorkommen wird.« Und damit starten wir! Ich fühle mich wie eine Rakete auf Cap Canaveral, wenigstens stell ich mir vor, daß eine Rakete, die in den Weltraum geschossen wird, sich so fühlt. Ich zittere und bebe, aber nicht aus Angst. Es ist so eine Art Vibrieren, als liefe ein Motor in mir an. Und auf einmal bin ich in der Luft, und mein 1iebes Haus ist verschwunden. Der Stein auch. Ob ich noch da bin? Irgendwie schon, ich kann mich selbst spüren, auch wenn ich nicht mehr ich selbst bin. »Hallo, Stein! «, rufe ich. »Bist du noch da?«

Er lacht, und es klingt wie Glocken im Wind. Sehen kann ich ihn nicht, es sei denn... »Warum nicht?«, fragt er. »Warum soll ich nicht wie ein zweiter Mond ausschauen?« Wahnsinn, denke ich. Das ist alles Wahnsinn. Und selbst wenn da ein Spiegel wäre, ich hätte Angst... »Du brauchst keine Angst haben«, sagt er. »Du könntest in gar keinem Spiegel erscheinen.« Entsetzlich, und bestimmt werfe ich auch keinen Schatten. »Nein«, sagt er. »Tote haben kein Spiegelbild, und sie werfen auch keinen Schatten.« Tote??? Ich bin doch nicht tot! Oder... »Nein«, sagt er. »Tot ist überhaupt niemand. Man nennt die Seelen nur so, wenn sie keinen Körper mehr haben. Keinen Körper zu haben, ist aber nicht unangenehm. » Nein, denke ich. Nein, wirklich nicht. Es ist sogar toll! Ich könnte vor Freude tanzen. Was aber nicht geht, weil ich so schnell fliege, eine Rakete käme da gar nicht mit. »Du fliegst«, sagt er, »so schnell wie das Licht.«

Wow! Wenn Einstein das wüßte. Aber vielleicht weiß er es auch, ich nehme nicht an, daß er noch immer in seinem Sarg herumliegt. Ein Genie wie er! Ich hab mir schon immer gewünscht, ihm zu begegnen. Und Sokrates, und meiner Großmutter...

»So ist das nicht«, sagt er. »Du fliegst nicht auf Besuchstour. Es ist schon ein Wunder, daß du mich getroffen hast.« Wieso? Wenn er selber ins Griensteidl kam. »Es wimmelt nur so von Geistern«, sagt er. »Wie auf einem Ameisenhaufen, und trotzdem siehst du sie nicht. » Blödsinn, die Ameisen sehe ich schließlich auch. »Weil du ihnen ähnlich bist.« Also das ist eine Frechheit. Den Ameisen bin ich ähnlich, aber den Herren Einstein und Sokrates nicht? Dafür irgendeinem Stein, nein, das geht wirklich zu weit » Ich bin nicht irgendein Stein«, erklärt mein Gedankenleser geduldig. » Sondern ein Teil deiner persönlichen Welt. Das sind die Ameisen auch. Einstein und Sokrates allerdings sind längst aus dieser Welt ausgezogen und in eine andere ein, und zwar nicht in dieselbe. Was bedeutet, daß sogar sie einander, im Moment, nicht wahrnehmen können. »

Woher will das der Stein wissen? Ich glaub ihm kein Wort. Und daß Geister fortwährend umziehen, aus Wohnungen oder Welten, ist absurd. Ich selbst ziehe, bitteschön, auch nicht um! »Da irrst du dich aber gewaltig«, sagt er. »Gerade jetzt, zum Beispiel..« Ach so, er meint unsere Luftreise, die Gott weiß wohin führen mag. Und vor lauter Geplauder hab ich mich gar nicht umgeschaut, womöglich hab ich die interessantesten Aussichten versäumt. Kein Wort denke ich mehr!

Bin ich im Himmel? Wenn ja, dann ist er ein aus Sternen gewobenes Spinnennetz, in dem ich gefangen werde – und wer oder was frißt mich zuletzt auf? Nein, kein Spinnennetz. Ein Lichtschleier. Einer? Viele, unendlich viele Lichtschleier. Das Universum ist eine verschleierte Dame. Aber was ist hinter dem Schleier, hinter dem Licht?

Jetzt läßt sie ihn fallen, den Schleier. Die Sterne regnen ins Nirgendwo. »Hallo« sage ich. »Hallo, Stein!« Denn ich bin nicht sicher, daß ich die Welt ohne Schleier sehen möchte. Wer weiß, wie sie ausschaut? »Ich bin«, sagt mein Stein, »bei dir. Hab keine Angst. Die Welt, wie sie ist, siehst du sowieso nicht. Noch nicht. Da ist noch eine Milliarde von Schleiern...«

Schon möglich, obwohl ich auf einmal inmitten lauter Edelsteine bin, wie das leuchtet und glänzt und glüht! »Deine Verwandtschaft?«, frage ich. »Die ist aber fein!« »Meine Verwandtschaft ist alles«, sagt er, »und deine auch. Die Tiere, die Blumen, die Bäume. Und die Einhörner natürlich, die Nixen, die Zwerge.«

Jetzt seh ich es. Das sind gar keine Steine, edel oder nicht. Das sind grüne Hügel, ein blauer Bach, und ein Haus...Aber die Hügel glitzern. Wie Smaragde, und der Bach ist fließender Saphir. Solche Farben gibt es doch gar nicht! Schöner als Smaragd und Saphir, viel schöner! Und erst das Haus... Es ist weiß wie eine Wolke und und hat ein Dach aus Sonnenuntergang. Ein Zwerg schaut aus dem Fenster, allen Ernstes ein Zwerg! Mit Zipfelmütze und Schneebart und lustigen, listigen Äuglein. »Ist das wahr?«, frage ich. »Ist das wirklich wahr?«

»Nein«, sagt der Stein und ist auf einmal ein Vogel. Ein dunkelblauer Vogel mit einem Schnabel aus Gold. »Nein und ja. Sind Träume wahr?«

Ach so, ich träume nur! Schade, daß es nicht wirklich ist. Jetzt bin ich enttäuscht. »Aber Träume«, sagt er, »sind wirklich. Alle Träume, auch wenn du nicht schläfst. Und es könnte sein, daß nur Träume wirklich sind, obwohl ich das noch nicht weiß und du auch nicht. Wir leben in einem der äußersten Schleier, verstehst du?«

Nein, das verstehe ich nicht. Ich lebe in Wien, Michaelerplatz 1, und habe die österreichische Staatsbürgerschaft. »Aber Wien«, sagt der Stein, »ist nur ein Knoten im Schleier. Ein winziger, hauchzarter Knoten. Eigentlich ist unser ganzer Schleier hauchzart und kann jeden Augenblick zerreißen. Davor haben die Menschen Angst, auch wenn sie es gar nicht wissen. Und natürlich wissen sie es trotzdem, wenn auch nicht im Kopf.»

»Wie zerreißt man«, frage ich, »einen Schleier?« Der Stein antwortet nicht.

»Tut mir leid«, sagt eine fremde Stimme dicht neben mir. »Aber ich bin beinahe pünktlich!« Ich schaue die

Stimme an und sie ist ein Besen. Ein grober Besen, der die Sterne aus meinem Kopf kehrt, das weiße Haus auf der Wiese und den Zwerg. »Stein!«, rufe ich. »Stein, mein Stein!« Und dann breche ich, mitten im Griensteidl, in Tränen aus.

»Was ist denn mit dir los?«, fragt der Verleger und ist peinlich berührt. »Kleiner Nervenzusammenbruch oder?« Ich glaub, jetzt hab ich nicht einmal Nerven mehr. Ich hab gar nichts. »Da war ein Stein«, sage ich, »und du hast ihn vertrieben.« »Da war was?« »Ein Stein. Ich kenne ihn seit einem Vierteljahrhundert. Er steht vor dem Haus, in dem ich mit Gottfried gelebt habe. Aber er ist ins Kaffeehaus gekommen und hat mich geholt.« »Mach kein Aufsehen«, sagt der Verleger. »Komm, wir gehen. Ich kenne einen sehr guten Arzt, es ist gar nicht weit.«

»Sei nicht dumm«, sage ich. »Die Welt ist nicht so, wie du glaubst. Sondern ganz anders. Und natürlich war es die Seele.« » Zwei Cognacs«, bestellt der Verleger nervös. »Und ein bißchen dalli! » Na schön, ich hab noch nie etwas gegen Cognac gehabt. »Die Seele des Steins«, erkläre ich geduldig. »Eine Seele, egal ob von einer Amsel, einem Rhinozeros oder von dir...« »Wieso Rhinozeros?«, unterbricht er mich ärgerlich. »Fängst du schon wieder an? Erst letzte Woche hast du mich einen Haifisch genannt.« »Was hat das damit zu tun? Da ging es um meine Tantiemen. Jedenfalls sitzt die Seele nicht im Leib wie der Hund in der Hütte. Keine! Auch nicht die von einem Stein.«

»Seit wann«, fragt mein Verleger, »hat der Stein eine Seele?« Schade. Man kann einem Menschen nur sagen, was er ohnedies weiß. Etwas anderes kann er so wenig aufnehmen wie die Rose Tabak. »Rosen rauchen nicht«, sage ich, »und es ist ja nur eine Geschichte. Wolltest du nicht eine haben?« »Von einer Rose«, fragt er argwöhnisch, »die Nichtraucherin ist und einem kaffeetrinkenden Stein? Nein, Surrealismus zieht heute nicht mehr.«

Wir werden also ausziehen, die Seele meines Steins und ich, die selbst eine ist, und das Buch suchen, das uns beide einläßt. Denn es ist schön, in Büchern zu wohnen. Man begegnet so vielen Menschen und ein paar von ihnen haben uns, während sie uns umblättern, vielleicht sogar gern.

bricht die Siegel des Verstandes auf, den Lack blinden Intellekts.

Aber mit dem Geschlecht hat sie nichts zu tun, das haben wir nur verwechselt. Die Tragödien, die Komödien, die aus dieser Verwechslung entstanden! Und noch immer entstehen. Ein Jammer, über den wir endlich lachen sollten.

Liebe ist kein Trieb, Liebe ist kein Gefühl. Liebe ist ein Zustand, der jede Trennung aufhebt. In ihr, und nur in ihr, sind wir eins mit allem, in Frieden und ganz.

Man muß sich,um in den Zustand der Liebe zu gelangen, selbst vergessen. Das ist sehr schwer, das ist ganz leicht – am besten, Sie probieren es selbst! Gehen Sie im Zustand der Liebe durch den Wald, können Sie die Steine erkennen.

Nicht als Gemenge von Mineralien, das dürfen Sie ruhig vergessen, weil es nur in den Schulbüchern stimmt. Nein, Sie werden sie als verwandte und vertraute Wesen erkennen, lebendig wie Sie selbst und vom gleichen Geist.

Und Sie werden, jenseits der Sprache, zueinander sprechen. Jenseits der Sprache können wir mit allen sprechen, und jedem. Jenseits der Sprache verstehen wir endlich!

In der Musik des Schweigens sind wir den Sternen und Steinen gleich nah.

Inhalt

Lotte Ingrisch

Als Charlotte Gruber, Tochter eines Erfinders, 1930 in Wien geboren, 1949-65 mit dem Philosophen Hugo Ingrisch, 1966-1996 mit dem Komponisten Gottfried von Einem verheiratet.

Theaterstücke: *Damenbekanntschaften, Kybernetische Hochzeit, Wiener Totentanz, Geisterstunde oder Vorleben mit Nachteilen, Die fünfte Jahreszeit, Liebestod, etc.*

Fernsehspiele:
Vanillekipferl, Der Hutmacher, Fairy, Teerosen, Abendlicht

Libretti:
Jesu Hochzeit, Tulifant, Prinzessin Traurigkeit, Tierrequiem, Luzifers Lächeln

Prosa:
Amour noir, Reiseführer ins Jenseits, Schmetterlingsschule, Das Donnerstagebuch, Herr Jacopo reitet (Fortsetzung des Donnerstagebuchs), Feenschrei, Der Engel des Alters, Die schöne Mörderin, Das Lotte Ingrisch-Lesebuch, Ratte und Bärenfräulein, Unsterblichkeit, etc.

Lotte Ingrisch gründete 1993 die SCHULE DER UNSTERBLICHKEIT, an der sie Seminare über das Sterben, den Tod und die jenseitigen Welten hält.

publication PN°1
Bibliothek der Provinz

Verlag für Literatur, Kunst und Musikalien